JN082110

脇役令嬢に転生しましたがシナリオ通りにはいかせません！

登場人物紹介

ジョシュア
ユースグラット公爵の継嗣。ゲーム内の攻略対象の一人で、自分にも他人にも厳しい。少々不器用な一面も。
シャーロット
ルインスキー伯爵令嬢。エミリアの取り巻きだったが、ある出来事をきっかけに前世の記憶を取り戻した。

ウィルフレッド
サンサーンス王国の王子。ゲーム内のメイン攻略対象で、温和な性格。基本にこやかで愛想がいい。
アイリス
ペラム男爵令嬢。ゲーム内の主人公かつ転生者。思い込みが激しく、他人の話を聞かない。
セリーヌ
シモンズ王国の王女。雪の女王のような冴え冴えとした美貌を持っているが、その正体は…?
エミリア
ユースグラット公爵令嬢。ゲーム内のライバルキャラクターである悪役令嬢。基本高飛車で傲慢。

脇役令嬢に転生しましたがシナリオ通りにはいかせません!

目次

プロローグ　006
第一章　階段落ちで前世を思い出す　008
第二章　副会長様は素直じゃない　052
第三章　ヒロイン襲来　094
第四章　訳アリ？　隣国の王女様　134
第五章　複雑な王女様の活用法　170
第六章　裏切りと代償　215
第七章　決着　247

プロローグ

「いい、シャーロット？　殿下がどのような女性とダンスを踊るのか、あなたは夜会の間中しっかり殿下に張り付いておくのよ」

「わかりました。エミリア様」

私、シャーロットはいつものように、彼女に諾々《だくだく》と従う。

彼女に逆らってはならない。逆らっていいことはないとよく知っているからだ。

今日命じられたのは、公爵家で開かれる夜会で、王太子殿下を見張ること。

エミリア様は、実家である公爵家が主催する夜会なので挨拶をしたりされたりしなければならない。

それでなくても、未婚の令嬢が王太子を追い回すなんて非常識極まりない所業だ。

だがこの人は、それを私にやれという。私だって未婚の令嬢とやらの一人なのに。

仕方がないのだ。彼女と私では、家格に大きな隔たりがある。たとえ彼女の命令が常識にそぐわぬものであろうと、私は従わねばならない。お父様にも、そうするように言われている。

エミリア様は、眉目秀麗《びもくしゅうれい》な王太子殿下にご執心なのだ。

だから、彼に関わる全ての女性を敵視している。自分以外、誰も彼に近づかなくなればいいと思っている。

エミリア様が将来の王妃に向いていらっしゃるかどうか、私はそれを判断する立場にない。

ただ、彼女の機嫌を損ねなければいいのだ。そしてそのために、王太子殿下の後をつける。

至ってシンプルな理屈。難しいことなど何一つない。

そうして私は、人ごみに疲れてきたのか休憩室のある二階への階段を上る王太子についていく。

綺麗《きれい》な顔だとは思うが、私自身はこの人とどうにかなりたいとは思わない。

そうなった時の、エミリア様の反応が怖すぎるからだ。もっとも、そもそも家格的にありえないのだが。

エミリア様の兄上も無理だ。だってエミリア様はお兄様にもご執心でいらっしゃるから。

そんなことを考えながら上っていたのがいけなかったのかもしれない。

それとも着慣れない重いドレスか、あるいは締め付けすぎたコルセットのせいか。

階段を上り終えた王太子が、誰かと出会ったのか顔に笑みを浮かべた。

そして相手——男爵令嬢のアイリスが、後ろにいた私を指さした。

慌てた私は王太子殿下に気付かれまいと、後ずさろうとして——足を踏み外し体は宙に投げ出された。

第一章 階段落ちで前世を思い出す

――あ。

と、思った時にはもう遅かった。

階段の踊り場から下に下りようとしていたはずの私の足は、ふかふかとした赤い絨毯《じゅうたん》から離れてしまっていた。手すりを掴《つか》もうとするが、全ては手遅れだ。

視界がさかさまになり、重力に従って体が階段に叩きつけられた。そのまま慣性に従って、ごろごろと転がり落ちていく。

といっても、記憶にあるのは階段から足が離れたところまでだ。その先は、私が落ちたところを目撃していた友人の証言の又聞きになる。

友人――そう、その友人こそ私が階段から転げ落ちることになった原因でもあるのだが。

私はその友人に命じられて、ある人物の動向を探っていた。

なんでこんなことを私がと思いながら、それでも逆らうことはできなかった。そしてその監視の対象が突然振り返ったことで、咄嗟《とっさ》に隠れようとして階段から落ちてしまったわけだ。つまり自業自得である。

友人の名は、エミリア・ユースグラット。

ユースグラット公爵家のご令嬢で、私は彼女に従う所謂《いわゆる》取り巻きというやつだった。

おかしな話かもしれないが、この日までは私は彼女に付き従う自分になんの疑問も抱いてはいなかった。そりゃあ、多少横暴で無茶を言ってくるとはいえ、階級が上である彼女に逆らうなんてまったく思いつきもしなかったのだ。


私はそういう、おそらくは流されやすい娘だった。

ついでに言うなら、この性格は私の家庭環境にも関係していた。

我が家は伯爵位を持ちながらも貧しい家柄で、どうしようもなく領地運営の才能がない父は上位貴族に取り入ることしか頭になかったのだ。

父と顔を合わせればいつも、エミリアの言うことは何でも聞くようにと言われていた。まるで彼女に少しでも逆らえば、我が家が滅ぶとでも言いたげに。

そういう理由もあって、私はエミリアの言うことなら何でも聞いた。彼女が望むように相槌を打ち、必要ならば他人の悪口も言ったし悪戯《いたずら》だってした。この世で最も恐ろしいことは、エミリアとその周囲にいる取り巻きの令嬢たちの輪から外されることだった。

けれどもう、そんなことは言っていられない。

だって私は、思い出してしまったから。
エミリアが――悪役令嬢であることを。

◆ ◆ ◆

目が覚めると、まず知覚したのは体中のずきずきという痛みだった。

どうしてこんなことになっているのだろう。

不思議に思い目を開くと、そこは東京にあるアパートの天井ではなかった。知らない天井どころではない。天蓋《てんがい》付きの贅沢《ぜいたく》な天井だ。

驚いて体を起こそうとすると、全身に激しい痛みが走った。うぐぅと小さく唸《うな》り、ふかふかのベッドに再び体を預ける。

部屋には誰もいないようだった。明かり取りの窓が小さいせいで、部屋の中は薄暗い。一体今は何時頃なのか。

どうしてこんなことになっているのか、記憶を掘り起こしてみる。

私の最後の記憶は、残業終わりで疲れて帰宅して、アパートの階段を上っている辺りで途切れていた。天気は横殴りの雨で、部屋に入ったらすぐにお風呂に入るんだと意気込んでいたはずだ。

しかしベッドに寝かされた私の体は、着替えさせられているのか雨に濡れたような感触はなかった。

一体どうなっているんだと思いながら、今度はゆっくりと上半身を持ち上げる。

「いたっ」

こめかみにずきりと痛みを覚え、思わず声が出た。

そして同時に、頭の中に覚えのない記憶がよみがえってくる。自分が伯爵家の娘であること。エミリアの取り巻きであったこと。彼女の命令で公爵家の夜会に来ていたウィルフレッド王太子殿下の後をつけていたら、突然振り向かれたことで驚き階段から落ちてしまったこと。

「なにこれ?」

あまりの記憶の混乱具合に思わず笑えてくる。

私は平凡な事務員に過ぎず、更に言うなら他愛《たわい》もないオタク趣味を隠して生きる何の変哲もない独身女だった。

(てゆーか、エミリアって……)

その名前には見覚えがあった。

エミリア・ユースグラット。

ちょうど先日フルコンプしたばかりの、乙女ゲームにそのような名前のキャラクターがいたはずだ。

恋愛シミュレーションゲームアプリ『星の迷い子』は、世にも珍しいライバルキャラクターに特化した乙女ゲームだった。

攻略対象キャラ人一人《ひと》に対して個別のライバルキャラが存在しており、お目当てのキャラの親密度を上げるごとに、ライバルキャラからの攻撃も激しくなるという誰得仕様だ。

何とも女のいやらしい部分を突いたゲームと言える。

私はそれにすっかりはまってしまい、大人の資金力を用いて存分に楽しんでいた。

エミリアというキャラクターは、ゲームの中でもメイン攻略キャラである金髪碧眼《へきがん》の王太子を攻略する際に立ちはだかるライバルキャラだ。

赤い目に赤い髪という目が痛くなるような配色のキャラデザがなされており、主人公に典型的な意地悪をする上、ブラコンという色々詰め込まれた設定にファンの間では『敵意を通り越して愛《いと》しさすら感じさせる』と言われる特殊なキャラである。

その記憶にあるエミリアの立ち姿と、たった今よみがえったもう一つの記憶——私に王太子の後をつけるよう命じたエミリアの姿は完全に一致していた。

（ということはなに？　私ってもしかしてエミリアの取り巻きなの？）

もしここがゲームの世界だったとしても、エミリアの取り巻きなんて名前もないモブである。スチルに姿すら現さないモブ中のモブと言っていい。（ちなみにスチルというのは、イベントなどの際に現れる美麗な一枚絵のことである）

（いやいや、ありえない。ありえないから！）

夢にしてももうちょっとどうにかやりようがあったのではないかという自分の状況に頭を抱えていると、控えめなノックの音がしてカチャリとドアが開いた。

「あら……シャーロット様、お目覚めになったのですね！」

返事を待たず部屋に入ってきたメイドらしき女性は、まさか私が目覚めていると思わなかったらしく驚いたような声をあげた。

どうやら私は、今はシャーロットという名前で間違いないらしい。

シャーロット・ルインスキー、十六歳。

これが前世を持つ私の、乙女ゲームのモブキャラとしての日々の始まりだった。

◇　◇　◇

「お医者様とお嬢様を呼んでまいりますね！」

部屋を飛び出していったメイドを、呼び止める隙もなかった。

（お嬢様って、やっぱりエミリアのことだよね？）

だがまあ、わかったこともある。

医者とエミリアがすぐ呼べる場所ということは、やはりこの部屋は広大なユースグラット公爵家のどこかなのだろう。

エミリアを呼んでくると言われて、シャーロットとしての自分が慌てているのがわかる。叱責《しっせき》されるに違いないと怯えているのだ。

だが一方で、会社員だった記憶を持つ私は彼女の危惧《きぐ》を一蹴《いっしゅう》した。

階段から落ちて更に怒られるなんてどうかしている。シャーロットはエミリアの命令で王太子の後をつけていたのだ。怒られるどころか、本当なら労災が下りてもいいぐらいだ。

私は怒りを覚えた。

エミリアに対してではない。そのエミリアに諾々と従うばかりのシャーロットに対してだ。

(大体、エミリアってシナリオによると確か――)

そんなことを考えていると、今度はノックもなく扉が開かれた。

医者かエミリアが来たのかと思って見てみれば、そこに立っていたのはすらりと頭身の高い青年だ。日本人ではありえない紺碧《こんぺき》の髪と目。鋭いまなざしと堅苦しく引き結ばれた薄い唇。白く整った面立ちに、全てのパーツが絶妙なバランスで配置されている。

その姿に見覚えがあり過ぎて、私は眩暈《めまい》を感じた。

彼の名はジョシュア。ジョシュア・ユースグラット。エミリアの兄で、ユースグラット公爵家の継嗣《けいし》。王太子ウィルフレッドの親友であり、なにより『星の迷い子』の攻略キャラのうちの一人である。

予想もしていなかった人物の登場に呆然としていると、彼は遠慮もなくつかつかとベッドに近づいてきた。

そして大業そうに腕を組むと、その鋭いまなざしで私を睨《にら》みつけたのだった。

シャーロットならきっと畏縮していたに違いない。けれど相手はまだ十八歳の若造だ。社会人としての感覚が強い私はちっとも恐る気にならず、むしろスチルと同じだなどという見当外れな感慨を抱いていた。

「シャーロット・ルインスキー」

「は、はい」

名を呼ばれ、一拍遅れて返事をする。元の名前とは似ても似つかないので、自分のことだと認識するには違和感があった。

「君に聞かねばならないことがある。どうして殿下の後をつけるような真似をした？」

案の定、彼の要件は見舞いなどではなく、王子をつけていて階段から落ちた理由を問うものだった。

それはそうだろうなと、奇妙な納得がある。

王子の後をつけるなんて決して褒められた行動ではない。

それどころか、ともすれば王子の命を狙っていると思われても仕方のない行動である。

いくら王子の動向が知りたいからといってそれを命じたエミリアもどうかと思うし、命じられるままに実行したシャーロットもどうかと思う。

変に疑われて処分されてはたまらないので、私は早々に自白することにした。

「ええと、エミリア様に命じられまして……」

私がそう言うと、ジョシュアはとくに驚くでもなく、ただ眉間に皺《しわ》を寄せて大きなため息をついた。

「そんなことだろうとは思ったが……」

どうやら彼は、この回答を予想していたらしい。

まあ、普段のエミリアの言動や私と彼女の関係さえ知っていれば、どうしてこうなったのか推測することは容易《たやす》いだろう。

私の父である伯爵は王子の暗殺なんて企むような勇気はないし、そんな謀略を練る器も金もありはしないのだ。

謝るのもおかしいので黙り込んでいると、彼は心底軽蔑したような目で私を見下ろし言った。

「君にもう少し良識があれば、このようなことにはならなかっただろうがな」

言うが早いか、ジョシュアは足早に部屋を出て行ってしまう。

部屋に取り残された私は、呆然とその背中を見送った。

（なんだそりゃ！）

確かに彼の言うことはもっともだが、兄妹だったらまずは妹のエミリアの方に苦言を呈《てい》するべきではないだろうか。それに、階段から落ちて傷だらけになった少女に投げかける言葉にしては、あ

まりにも辛辣《しんらつ》だ。

実年齢はとても少女とは呼べない年齢の私だが、だからこそ彼の物言いには納得のできないものを感じた。

（決めた！　妹も兄貴もろくなもんじゃないわ。ユースグラット公爵家なんて、とっとと縁を切ってやるんだから）

決意を込めて握りこぶしを作ると、またずきずきと体が痛んだ。

階段から落ちたということは全身打撲だろうか。この世界は医療が発達していなさそうだから、骨を折ったり頭を打ったりした様子はなくてほっとする。

私は静かに、そして密やかに、ユースグラット兄妹と縁を切るための計画を練り始めた。


ジョシュアが出て行ってからしばらくして、今度こそ医者がやってきた。

ユースグラット家がかかりつけにしているぐらいだ。私など普通なら診察してもらえるレベルの医者ではない。

歳のいった医者の後に続いて、先ほどエミリアを呼んでくると言っていたメイドが入ってきた。

だが、そこにエミリアの姿はない。

気にはなったが、今は診察してもらうのが先だと思い黙っていた。

診察結果は予想通り、全身を強く打っているが、大きな怪我はないというものだった。

ほっと一安心していると、くだんのメイドが気まずそうな顔をして近づいてきた。

「申し訳ありません。エミリア様はご用事があるそうで……」

用事というか、ただ単に顔を合わせたくないのだろう。

ジョシュアが直接確認に来たことから考えても、エミリアは今回のことを私の独断だと主張しているのは明らかだった。

そもそも、メインキャラ攻略時のライバルキャラだけあって、エミリアは我儘《わがまま》で子供っぽく、悪役のテンプレとも言える性格である。

「そんなことだろうと思いました」

思わずそんな言葉が口から出た。

ふと顔を上げるとメイドが驚いて目を見開いている。まさか普段大人しくエミリアに従っている私が、そんなことを言うとは思ってもみなかったらしい。

気まずさを誤魔化《ごまか》すため、私は愛想笑いを浮かべた。

確かに階段から落ちたのは私自身の責任だが、だからといって見舞いにも来ないエミリアが私のことを友人だなどと思っているはずがない。

ただの思い通りになる駒か、自分を引き立たせるための舞台装置ぐらいにしか思っていないのだろう。

（やっぱり、この兄妹にはこれ以上関わらないのが吉ね。外聞もあるし、さっさと帰ろう）

といっても、元の世界に帰るというわけにはいかない。というか元の世界に帰れるとも思えない。

仕方がないので、シャーロットの自宅であるルインスキー伯爵のタウンハウスへ向かうことにした。

外に出ると夕刻で、階段から転がり落ちた夜会から一日近い時間が経過していた。

診察してくれた医者はもう一晩安静にして様子を見るべきだと主張したが、これ以上公爵家の世話になっては父の不興を買うに違いない。

私を公爵家まで乗せてきてくれた馬車は伯爵家に戻されているということで、公爵家の馬車を借りて帰宅することになった。

いつも乗っている物とは比べ物にならない、クッション付きの豪華な内装を備えた馬車だ。

だがいざ乗ってみると、サスペンションがないのか縦揺れが激しい。

階段から落ちたばかりの私にとってその乗り心地は地獄と言ってよく、医者の言うことを聞いて大人しくしておくべきだったと少し後悔した。

◇　◇　◇

「なにぃ～⁉　それで帰宅が遅くなったと申すか！」

父に帰宅が遅くなった理由を報告すると、案の定お叱りを受けた。

「公爵家に迷惑をかけるなど、一体何を考えているのだ！　お前はこの家がどうなってもいいのか⁉」

私と同じ亜麻色の髪は白髪交じりで、鼻の下にくるんと丸まったカイザー髭《ひげ》を蓄えている。

酒好きだからかでっぷりと腹が張り出しており、いかにも小悪党らしい外見の父だった。

いやいや、あまり偏《かたよ》った目線で見るのはよくない。これでもシャーロットの実の父なのだから。

そういえば、私ではなく『シャーロット』はどこにいってしまったのだろう？

私の中には、彼女の記憶はあっても意志はないように思える。

彼女の体を乗っ取ってしまったのだとしたら、何とも申し訳ないので返したいところだ。

勿論《もちろん》私自身は元いた世界に帰りたい。乙女ゲームをやるオタクであっても、乙女ゲームの世界で暮らしたいわけではないのである。

「ちゃんと聞いているのか⁉　シャーロット」

上の空であることがばれたのか、伯爵が割れ鐘のような声をあげた。

どうしても父親だと思うことができないので、彼のことは心の中で伯爵と呼ぶことにする。

そもそも年齢からして、前世の私と十も変わらないはずだ。さすがに父と呼ぶには若すぎる。

「聞いておりますわ。でもわたくしまだ本調子ではなくて、体中が痛むのです。先に休ませてくださいませ」

正直に要望を伝えてみたところ、伯爵は豆鉄砲を食らったような顔になった。

普段大人しいシャーロットが言い返してきたことが、よほど意外だったらしい。

私は彼が唖然としている間に、これ幸いと部屋を出た。

体中が痛いのは本当だ。お小言なら、具合がよくなってから存分に聞こう。何より今は休みたい。

「シャーロット様！」

部屋を出るとすぐさま駆け寄ってきたのは、シャーロット付きのメイドであるマチルダだ。彼女とシャーロットは乳姉妹《ちきょうだい》でもあり、気心の知れた仲だと言えた。

「聞きましたよ。階段から転がり落ちただなんて！　早くお休みになってください。今日は旦那様のお小言が早めに済んでよかったですね」

確かに、記憶によると気の弱いシャーロットは、いつまでも伯爵の中身のない説教に付き合っていたようである。

ご苦労様だなとも思うし、ひとこと言えば何かが違ったのではないかと哀れにも思う。

父親にもエミリアにもいいように利用されていた彼女は、一体どんな気持ちで毎日を過ごしていたのだろうか。

まったく想像ができないけれど、それでも、私はこれから、シャーロットとして生きていかねばならないのだ。

マチルダに付き添ってもらい、自室へと戻った。

今は一刻も早く休みたい。

ふらふらしていると、マチルダがかいがいしく世話をしてくれた。

正直助かる。馬車に乗ったことで、今もまだ体が揺れているような気がする。体調は悪化したようだと思いながらベッドに横になり、すぐさま深い眠りに落ちていった。


――そして、夢を見た。


それは帰宅を急いでいた私が、アパートの階段で足を滑らせ、そのまま奈落へと落ちていく夢だった。

泣いて叫んでも、誰も助けてくれない。一階から二階へ上る階段だというのに、どこまでも深く落ちていく。

私は自分の悲鳴で目が覚めた。

聞き覚えのない声で、一瞬びくりとする。

夢は覚めたというのに、未だに心臓がバクバクいっている。私は胸を押さえて荒い呼吸を繰り返す。

「お嬢様、どうなさいましたか！」

悲鳴を聞きつけたのか、マチルダが部屋に駆け込んできた。

心配そうな彼女の顔を見て、弱気になってどうすると自分を戒《いまし》める。

少なくとも精神的には年長者なのだから、しっかりしなくては。

「大丈夫よ。ひどい夢を見ただけ」

「そうですか……」

マチルダはあからさまにほっとした。

どうやらよほど心配をかけたらしい。確かに、寝ていたはずの人間が突然悲鳴を上げたらそりゃ驚くだろう。

私は彼女に申し訳なく思った。

メイド服の裾が乱れていて、どれだけ彼女が慌てていたのか一目でわかったから。

「心配かけてごめんなさいね」

そう言うと、思ってもないことを言われたとでもいうようにマチルダが目を丸くした。

「あの、お嬢様大丈夫ですか？」

「え？」

「いえ、昨日からやけにはきはきとお話しになるし、いつものお嬢様とはなにか違うような……」

ぎくりとした。

やはりいつも側にいる人間には、違いがわかってしまうのだろうか。

だが、ここで実は別人なのとカミングアウトしたところで、頭を打って変になったと思われるのがオチだろう。

「そ、そう？　気のせいじゃないかしら。オホホホ」

咄嗟に誤魔化したが、マチルダは心配そうな顔のままで言った。

「大変でしたね。どうせまたエミリア様からろくでもないことを命じられたのでしょう？　あのお嬢様にも困ったものです」

優しげな顔から繰り出される辛辣な言葉に、今度は私の方がびっくりしてしまった。

どうやらシャーロットのことをいいように使いっ走りにしているエミリアのことを、マチルダはよく思っていないらしい。

身分的にはとんでもない暴言なのだろうが、それぐらいシャーロットのことを心配しているんだとわかって心が温かくなった。

すっかり目が覚めてしまったので、ゆっくりと体を起こす。一晩しっかりと寝たので、体の痛みも大分ましになっている。

マチルダに促されるまま、顔を洗って朝食を取った。

今日は一日、横になって安静にしつつ今後の方策を練ることにする。

というか、さっき見た夢。

あれはもしかして夢ではなく、現実だろうか。なんとなく、そういう実感があった。

つまり前の世界の私はもう死んでいるということになる。なんともあっけないと思うが、こうなったからには認めるしかない。

遺してきた両親には申し訳ないが、私は私で今後の方策を考えなければ。

更に一晩ゆっくり眠ったことで、生粋《きっすい》の日本人である私とシャーロットが違和感なく混じり合っているのがわかった。感覚としては、シャーロットが階段から落ちたことがきっかけで、今までもっていなかった記憶がよみがえった感じだ。性格の方も、その記憶に引きずられているのだろう。

前世の記憶があまりにも生々しいので別人の体になってしまったと慌てたが、一日たってみるとシャーロットとして生きた十六年間の方が自分の人生だという気がした。

なにより、前世で名乗っていた自分の名前が思い出せないのだ。その記憶も、思い出そうとすればするほど霞んでいく。

自分がシャーロットなのかと言われればまだ素直には頷《うなず》けないが、シャーロットが別人という感じもまたしないのだった。

「もしかして、前世の記憶がよみがえったってやつ?」

口の中でぼそぼそと呟《つぶや》くと、ひどく得心《とくしん》がいった。

まだまだ半信半疑ではあるが、突然別の体に入り込んでしまったというより、そちらの方がまだ納得がいく。

しかし生まれ変わるにしても、どうしてゲームの世界に生まれてきてしまったのだろうか。

設定から考えるに、ここは前とは星さえも違うどこかだ。

生活様式は中世から近世にかけてのヨーロッパのどこかをモチーフにしているが、なぜかトイレなどの衛生環境は整っている。

そのことは正直ありがたいが、ここが本当にゲームの世界でその歴史をたどるとしたら、大変なことになる。

なぜなら私の実質上の主人であるエミリアは、ゲームの主人公に追い落とされ家ごと没落する運命にあるからだ。

それだけならまだ目の上のたん瘤《こぶ》がなくなるだけだと思えるが、彼女の取り巻きとその実家も連座で罪に問われるのだからそんな悠長なことは言っていられない。

私は必死で前世のゲームの内容を思い返した。

まず、プレイヤーの身代わりとなる主人公の名前は、変更しない限り『アイリス・ペラム』となる。

見た目はおっとりとした美少女で、ゲームらしくピンク色の髪に、さわやかな新緑色の瞳が印象的だ。

私はそのアイリスに覚えがあった。

最近、メイン攻略キャラであるウィルフレッド王子と特別親しくしていると噂になっている女の子。それがアイリスであった。確か、ペラム男爵家の令嬢だったはずだ。

ここがゲームの世界だとしたら、彼女がヒロイン級の人物ということで間違いないだろう。

だが私、シャーロットの名前はゲームに出てこない。

「マチルダ。悪いんだけど手鏡を取ってくれない？」

控えているマチルダに手鏡を取ってもらうと、そこには亜麻色の髪を持つ貧相な少女が映っていた。階段から落ちた時に顔までぶつけたのか、左の頬が青紫色に染まっている。我ながらなんとも痛々しい姿だ。

ゲームのキャラクターというには特に美形なわけでもなく、しいて言うなら青い目が唯一印象的なぐらいだろうか。他は特に印象の残らない、のっぺりとした面立ちだった。

それでもがっかりするなんてことはなくて、むしろアラサーだった時の感覚から言えば、肌はもちもちしてみずみずしく、ああ若さっていいなあという感じである。

「だ、大丈夫ですよお嬢様！　腫れはすぐに引きますから！」

一方で、マチルダは私が怪我を確認して気落ちしていると勘違いしたのか、精一杯慰めてくれた。

彼女に気を使わせないためにも、はやく傷が癒えればいいのになとどこか他人事のように思った。

◆　◆　◆

公爵家で目が覚めてから十日後。

無事傷の癒えた私は、主に貴族の子息が通う王立学校へと向かった。

この学校こそ、ゲームの様々なイベントが繰り広げられる舞台だ。

在校生はそれほど多くなく、一学年で二十人程度。

十四歳から十九歳までの五年間、貴族の子供たちはここで領地の運営や社交の際のマナー、その他外国語や国の歴史について学ぶのである。

数代前の王の肝いりで始まったこの制度は、現在も重要な国家事業として位置付けられており、教師陣は超一流。

女生徒は最終的により良い相手と結婚すること、男子生徒は国に仕官することを目標としてそれぞれが勉学に励んでいる。

学校内での評価が卒業後の人生を決めるとも言われており、学内にはいつも独特の緊張感が漂っているのだった。

前世の記憶を思い出したことでエミリアから距離を取ろうと決めた私は、この十日間に色々と作戦を考えていた。

まずすべきことは、アイリスがどの攻略キャラを選び、そのシナリオをどこまで進めているのか確認することだ。

もし彼女が進めているのがウィルフレッド王子やジョシュア以外のルートであるなら、エミリアの取り巻きであったとしても没落の可能性はほとんどなくなる。

彼ら二人のシナリオではエミリアがライバルキャラとして台頭するが、それ以外のシナリオにはそれぞれ別のライバルキャラが設定されているからだ。

だが、残念ながらその望みは薄いように思われた。

なぜなら先日階段から転げ落ちる前、ウィルフレッド王子の後をつけていた私は見てしまったのだ。

人目を避けるようにして、アイリス嬢と楽し気に喋《しゃべ》っているウィルフレッド王子の姿を――。

この光景を見たら、誰だって二人は特別に親しいのだという認識を持つ。やはりエミリアが気にしていた噂は、本当だったのだ。

ちなみに、このことはまだエミリアに報告していない。

報告してしまえば、ウィルフレッド王子に憧れ次期王妃の座を狙っているエミリアの機嫌を損ねるのは明らかだし、何より見舞いにも来なかったエミリアにわざわざそんな報告をする義理もないからだ。

そんなことをつらつら考えていたら、馬車の動きが止まった。

どうやら王立学校に到着したらしい。

御者の手を借りて馬車を降りると、そこにはゲームのスチルそのままの白亜の学び舎《や》がそそり立っていた。

もともとは王家の離宮であり、あちこちに王家の持ち物である証明として長い尾を持つ獅子の意匠が彫り込まれている。

見慣れているはずのその威容に感嘆していると、聞き覚えのある声が聞こえてきた。

「あらシャーロット。ごきげんよう」

体に強張《こわば》りを感じながら振り返ると、そこに立っていたのは予想通り、エミリア・ユースグラットその人だった。

王立学校は制服制なので皆同じ格好をしているはずなのに、赤い縦ロールというキャラクター性の強いビジュアルのせいか存在感がすごい。

貴族子息の登校ラッシュになっている校舎前に立って、彼女はいつもの取り巻きたちを背に胸を張っていた。

偶然というには随分とでき過ぎている。

まるで待ち伏せでもしていたようなタイミングだ。

「……ごきげんようエミリア様」

呆気にとられながらのろのろと挨拶を返すと、彼女は手に持っていた扇子を勢いよく音を立てて閉じた。

「お怪我はもうよろしいのですか？　まさか宅のパーティーで階段から落ちるだなんて、わたくしとても心配しておりましたのよ」

その言葉に、私はなぜエミリアが待ち伏せしていたのかその理由を察した。

おそらくは、エミリアに命じられて王子をつけていたということを口外しないよう、釘を刺しに来たのだろう。

私が彼女の兄であるジョシュアにそのことを話してしまったので、他の生徒にまでそんなことが広まってはたまらないと思ったに違いない。

確かに、普段のシャーロットならたとえ問い詰められようとも、エミリアが恐ろしくて彼女の名前を出すことはなかっただろう。

だがジョシュアに話を聞かれた時は記憶が戻ったばかりで混乱していたので、つい正直に答えてしまったのだ。そしておそらくエミリアは、そのことについて兄であるジョシュアからお叱りを受けた。それこそが今彼女が待ち構えている理由に違いない。

とはいっても、今同じ質問をされてもやっぱり同じように答えるのだろうけれど。

確かに言われるがままエミリアの命令に従った私も悪いが、実家の力関係からして断れない私に無理難題を命じるエミリアだって十分常識外れだ。

彼女を恐れて口を噤《つぐ》んでいては、彼女の没落を前にして罪をなすりつけられて先に没落させられかねない。

そしてなにより、若くしてそんなことをするエミリアの心根が気に入らない。

一体彼女の親はどうしているのか。兄のジョシュアだって、私を責め立てる暇があるならエミリアの暴走をどうにかしてくれと思う。

「その節はご心配をおかけしました。もうすっかり元気ですわ」

胸の裡《うち》はそんな風に怒りで煮えたぎっていたが、表面上はにっこり笑って受け流した。

「実はあなたにお話ししておきたいことがあって……一緒に来てくださる？」

おおう、校舎裏への呼び出しだ。いや、本当に校舎裏かは知らないけれども。

これに大人しくついていったら、叱責されるのは目に見えていた。

なにせ彼女の――彼女たちの目は、にこやかでありながらちっとも笑っていない。

「あら、残念ですわ。実は十日も休んでしまったので、遅れてしまった授業内容を先生に伺《うかが》いに行くところなのです。教官室でもよければご一緒しますが……」

そう言うと、エミリアは目に見えて気分を害した顔になった。

ついこの間まで同僚だった取り巻きたちが、その空気を察して私を睨みつけてくる。

曰《いわ》く――どうしてエミリアの言う通りにしないのかと。

だが、こちらだって必死だ。不快な思いをすることが目に見えているのに、彼女たちと一緒に行くなんて冗談じゃない。

「まあ、大変ですこと。わかりましたわ。それでは皆さん、行きましょ」

するとエミリアは、ツンと顔を逸らしてその場を立ち去った。取り巻きをしている令嬢たちも、パタパタとそれに続く。

エミリアが大人しく引き下がったのは、きっと私が教官室へ行くと言ったためだろう。

彼女は公爵家で甘やかされて育っているので、教師とはいえ貴族としては劣る教師たちに教えを乞《こ》うことをよく思っていない。

だがここは国王の権威によって運営されている学校なので、教師たちもまたエミリアのような高位貴族に対して身分を超えた指導が許可されているのだ。

なので結果としてエミリアと教師の間には軋轢《あつれき》が生まれ、彼女は授業を受けること自体を毛嫌いしている状態なのだった。

これは特殊な例ではなくて、他にも親の身分を笠に着て横暴な態度を取る生徒は少なからずいる。

取り巻きをしていた時にはわからなかったことだが、この学校の教師はなかなかに大変そうだと私は彼らに同情したのだった。


気を取り直して、私は教官室へと向かった。

さっきエミリアに言ったのはその場しのぎの言い訳ではなく、本当のことだ。

取り巻きをしていたシャーロットは、エミリアに気兼ねして王立学校の授業を真剣に取り組んではいなかった。

更に彼女は伯爵家の令嬢であるにもかかわらず、最低限の教育しか受けていない。

それは父親である伯爵が「女に学などあっても余計なだけだ」という男尊女卑な考えの持ち主だからで、妻でありシャーロットの母である伯爵夫人に逃げられたのも、そのあたりのことが原因だろう。

だが、没落に巻き込まれないためにエミリアと距離を置くと決めた私は、将来のためにも自らの力で身を立てる必要があった。

そのために必要な武器は、学だ。

それが、この十日の間にひねり出した私の結論だった。

実家は頼れないし、エミリアの取り巻き以外との人脈もない。そんな私が頼れるのは、王族に保護されたこの学校の教師たちだけなのだ。

教官室が集まる一角までやってくると、授業の準備に追われる教師たちの慌ただしい雰囲気が伝わってきた。

来たはいいが特別親しい教師もいないのでどの部屋に入ろうか迷っていると、突然後ろから名前を呼ばれた。

今日は呼び止められることの多い日だ。

「シャーロット・ルインスキー、そこで何をしているのですか?」

気難しそうな声に、びくりとしつつ振り向いた。

そこに立っていたのは、ミセス・メルバと呼ばれる最年長の教師だった。

総白髪のひっつめ髪は整然として乱れたことがなく、その眼光は鷲を彷彿《ほうふつ》とさせる鋭さだ。この学校の生き字引と呼ばれ、老齢なことは確かだが常に背筋をピンと伸ばし年齢を感じさせない。そして誰も彼女の確かな年齢を知らないという。

教師の中でも特に厳しい彼女に見つかったことで、やましいわけでもないのに思わずたじろいでしまった。

「まさか試験問題を盗もうなどと考えてるんじゃないでしょうね? エミリアに唆《そそのか》されているのでしょうが、子供ではないのですからあなたも自分のことは自分で考えて――」

「ミセス・メルバ!」

お小言が始まりそうな予感に、慌てて彼女の言葉を遮《さえぎ》った。

確かに彼女から見れば、私は不真面目で出来の悪い生徒だ。お小言を言いたくなる気持ちもわかる。

けれどそれも、昨日までのことだ。

「わたくし、お願いがあってまいりました! 学校を休んでいる間に考えたのです。このままではいけないと。ですが、自分一人ではどうしてよいのかわからないのです。どうか、わたくしに巻き返しのチャンスをいただけないでしょうか⁉」

精一杯訴えると、ミセス・メルバは珍しいものでも見るように軽く目を見開いた。

けれどそれは一瞬のことで、すぐにいつもの取り澄ました顔に戻ってしまう。

彼女は鼻を鳴らすと、十分に時間をおいてから口を開いた。

「本気ですか？　エミリアに言われてまた何か企んでいるのではないでしょうね？」

彼女の言い分ももっともだった。記憶を掘り起こせば、エミリアの取り巻きとして教師に対して失礼な態度を取ったり、楽しいことを優先して学業が疎《おろそ》かだったりと、いかにもモブらしい人生を送ってきたのだ。

私はミセス・メルバの疑いを吹き飛ばすような勢いで、激しく首を横に振った。

彼女を説得できなければ、私に未来はない。それぐらい差し迫った気持ちだった。

「いいえ。誰に何を言われたわけでもありません。階段から落ちて死にかけたことで痛感したのです。自分を守れるのは自分だけだと。ですのでどうか、わたくしにお力をお貸しください……っ」

エミリアの命令で王太子の後をつけて階段から落ちて死にかけても、エミリアは助けてくれないどころか見舞いにも来なかった。

つまりはそういうことなのだ。シャーロットはいくらでも替えの利くつまらない存在にすぎない。

そんな状態のまま、エミリアに巻き込まれて没落エンドなんてまっぴらごめんだ。

私の必死の訴えに、ミセス・メルバは表情も変えず黙り込んだ。

「……わかりました」

重々しい返事に、希望が見えた気がした。

「そこまで言うのなら、どんなに厳しい授業にもついてこられますね？」

「はい！」

信じてくれたか。

そう安堵したその時だった。

「では、毎日授業の後に補講を行い、その後試験を行います。その試験に受かったならば、あなたが本気だと認めましょう」

——おぉう。

まだ認められてはいなかったみたいだ。

それでも人生を取り返すチャンスをくれたのだからと、私はミセス・メルバに深く感謝した。


その日から、私の慌ただしい日々が幕を開けた。

一日のカリキュラムを終えた後、ミセス・メルバによる長時間の補講である。

前の世界でなら一人だけ特別扱いだと苦情が出そうだが、この世界の貴族は自宅に家庭教師を呼んでいる家が多いからか問題はないらしい。

むしろ毎日居残りさせられている私を、クラスメイトたちは何を今更とばかりに冷めた目で見ている。

まあ、おばさんメンタルなのでそんなことといちいち気にならないけれど。

むしろ前の世界は違う文化圏とはいえ、それを差し引いても異文化感がすごい。周囲は若い学生ばかりなのである。ミセス・メルバの方がむしろ気が合いそうだ。

更に彼女との特別授業は、エミリアと距離を取るための格好の隠れ蓑《みの》にもなった。

毎日昼も放課後も勉強にいそしむ私に、エミリアはなかなか呼び出すきっかけが掴めずにいる。

このまま一週間が過ぎれば、彼女の兄に王子の後をつけていたのはエミリアの指示だと密告した件は、お流れになりそうである。

この世界について知ることができて、なおかつエミリアと距離を取れるなんて、なんと最高なんだミセス・メルバ。

そういうわけで、私は毎日嬉々《きき》として彼女の講義を受講した。

驚いたことに、ミセス・メルバは礼儀作法の教師であるにもかかわらず、歴史や帝王学、紋章学などにも精通していた。

流石《さすが》年の功というか、凄まじい知識量である。

なにより、彼女の授業には一切の妥協がなかった。

毎日遅くまで居残り授業をした後、大量の宿題を出されるのである。

なので家に帰ってからも、宿題に追われて父親のお小言を聞く暇もない。

マチルダはまるで人が変わったようだと驚いているし、周囲の反応はほんと様々だ。

だがこれには、少し難点もあった。それは、なかなかアイリスを探る時間が捻出《ねんしゅつ》できないことだ。

ウィルフレッドルートを進んでいると思って間違いないだろうが、どうしても確証が欲しい。

この一週間が終わったら、そちらの方にも急いで手を回さなければならないだろう。

それにしても、こんなに勉強するのは資格試験以来なので自分の記憶能力が不安だったが、その辺はシャーロットの脳細胞が活用されているらしく、どんどん頭に入っていくので勉強するのが楽しかった。

歳をとると勉強できないということはないのだが、物忘れがひどくなるので新しいことを覚えるのもなかなかに大変なのだ。

そんなある日、ミセス・メルバとこんな話になった。

「最初はその場しのぎの言い逃れだろうと思っていましたが、どうやら本気だったようですね」

彼女との特別授業はもう十日を過ぎていた。

忙しい毎日の生活リズムに、ようやく体が慣れ始めた頃である。

一日目の宿題を提出した私に、ミセス・メルバは少し驚いた様子だった。多分、真面目にやってくるはずなどないと思っていたのだろう。

その日から日数を経るごとに、宿題の量は減るどころかむしろ増えている。

「やっと信じていただけましたか？」

そう言い返すと、ミセス・メルバは途端に不機嫌そうな顔になった。

「まだまだです。試験の日まであなたへの評価を変えるつもりはありません」

なんとも厳しい指導に、思わず苦笑いが零《こぼ》れた。

口ではこんなことを言いながらも、毎日私に付き合ってくれる彼女はむしろお人好しの部類だと思う。

「ミセス・メルバはお優しいですね」

思わずそう呟くと、今度こそ彼女は驚いたように目を見開いた。

「一体何を言っているのですか」

「だって、毎日私のレベルに合わせた授業内容や、宿題を用意してくださるじゃないですか。通常の授業もあるのに、なかなかできることではありませんわ。本当に感謝しております」

彼女が私と過ごす時間は、本来彼女が翌日の授業を準備したり帰宅して安らいだりするための時間なのである。

それを躊躇《ためら》いなく生徒に使ってくれるなんて、本当に優しい熱心な先生だと思う。

特に私なんて、一応実家は伯爵位だけどなんの影響力もない貧乏貴族だし、恩を売ったところで全く彼女の得にならないはずだ。

そんなことを考えていると、むしろなにも返せない自分が心苦しくなってくる。

すると、ミセス・メルバは呆れたようにため息をついた。

「子供がそんなことを考えるのではありません。まったく可愛げのない」

どうやら私は、可愛げのない子供らしい。

あまりにも彼女らしい評価に、今度こそ思わず笑い声が漏れた。

◆ ◆ ◆

そんなこんなで、あっという間にひと月が過ぎた。

試験はある日突然抜き打ち方式で行われ、ひやひやしたが何とかパスすることができた。

内容はきちんと勉強さえしていれば解ける程度のもので、むしろ肩透かしをくらったというのが本音だ。

ミセス・メルバの性格からしてとてつもなく高いハードルを用意されていたらどうしようと緊張していた私は、ほっとした。

というか、この程度の難易度だったら一週間ぐらいの時点で既《すで》に網羅《もうら》していた気がする。

拍子抜けしてミセス・メルバを見上げると、その顔が面白かったのか彼女は不敵な笑みを浮かべていた。

更にミセス・メルバは、見た目通りなかなかに食えない御仁《ごじん》だった。

「生徒会？　わたくしが⁉」

驚きのあまり声をあげると、彼女は不愉快そうに目を眇《すが》めた。

「はしたない。そのように大声を出すものではありませんよ」

テストが終わった後も、私はなんだかんだ理由をつけてミセス・メルバにまとわりついていた。

それはもちろん、彼女と一緒にいるとエミリアが寄ってこないからだ。

そうして更にひと月も経つと、特別授業の成果か成績も順調に伸びていて、少しずつ他の先生との信頼関係も生まれてきた。

ミセス・メルバには足を向けて寝られない。

だが一方で、彼女の補習が忙しいため、アイリスのシナリオ進行度については残念ながら未だになんの確証も得られてはいなかった。

今の私には友達がいないので、まず噂というものが全くと言っていいほど入ってこないのだ。最後に聞いたのは、階段から落ちる原因ともなったウィルフレッド王子との噂。

ならばと自分の足で情報を得ようと試みてみたが、アイリスは授業が終わるといつもすぐにいなくなってしまうので、なかなか情報を集めることができずにいた。

そんなある日である。

アイリスのことは探れずとも、このままエミリアとの関係が自然消滅すれば没落からは逃れられるはずだと思っていたら、そうは問屋が卸さなかった。

なんとミセス・メルバが、独断で私を生徒会役員に推薦したというのだ。

生徒会というのは勿論この王立学校の生徒による自治組織で、確か現在の会長は王太子であり最高学年でもあるウィルフレッド王子が務めていたはずだ。

当然ゲーム内でも重要な役割を果たしており、学校内で私が最も関わり合いになりたくない集団と言っても過言ではなかった。

「そそそそそんな、恐れ多いですよ！」

これは本音だったし、これ以上攻略対象キャラに関わりたくない。

私のゲーム知識によれば、ウィルフレッドルートが進むと主人公（この場合アイリス）は人手不足の生徒会を手伝い、その功績によって次期生徒会長として指名を受けるのである。

エミリアから距離を取っている今、彼女の巻き添えになって没落するという可能性はかなり低くなったように思うが、それでもゲームのキャラクターには極力近づきたくない。

私は平穏無事に没落ルートを回避して、この学校を何事もなく卒業したいだけなのである。

だが、ミセス・メルバにそんなこと言えるわけもないし、言っても信じてもらえるとは思えなかった。

「大げさに受け取らなくても、実務ができる役員が少ないのでその補佐をしてくれればいいのですよ」

そんなことを言われても、嫌なものは嫌なのだ。

「ですが、確か生徒会役員は希望者が多数いらっしゃったと記憶しております。その中のどなたかを推薦すればよろしいのではないでしょうか？」

眉目秀麗で未だ婚約者の決まっていないウィルフレッド王子に近づきたいと願っている女子生徒は多く、勿論、学校自体を毛嫌いしているあのエミリアですら、生徒会には入りたいと言っていた。

そんなところに迂闊《うかつ》に関わろうものなら、もれなくエミリアの――そしてたくさんの女生徒からの要らぬ妬《ねた》み嫉《そね》みを買うだけだ。

ただでさえ友達がいない私を、ミセス・メルバは針の筵《むしろ》で生きろというのか。

いくら前世を思い出してメンタルが強くなったとはいえ、私だってできることなら平穏な学生生活を送りたい。

それらのことをお淑《しと》やかに、かつ当たり障りなく訴えてみると、ミセス・メルバはいつかのような不敵な笑みを浮かべて言った。

「あらあなた、その程度のことで満足ですの？　王立学校の生徒会経験者といえば、卒業後は将来を約束されたも同然ですのに」

その言葉に、断固拒否を続けていた心が揺さぶられる。

ミセス・メルバの言う約束された将来というのは、政務官として宮廷への出仕が叶《かな》うという意味だ。

最近学んだばかりのこの国の近代史によると、王立学校設立と時を同じくして女性の社会進出も認められた。まだ限りなく少数ではあるものの、ミセス・メルバのように自活する女性がこの国では少しずつ増えているのだ。

そして父がぼんくらという現状から鑑《かんが》みても、将来を考えるなら自活できる政務官の地位はかなり魅力的だった。

これは迷う。

リスクを冒して恒久的な安定を選ぶか、それとも安全策を取ってこの申し出を断るか。

いっそ学園をやめて家出でもした方がいいのではとも考えたが、いくら知識があろうと素性の定かではない家出娘がまともな職に就けるとも思えない。

それに、この世界が本当にゲームのままであったとすれば、生徒会は危機的な人員不足に陥《おちい》っているはずである。

それを知っていながら放置するというのも、いささか心苦しい。

ミセス・メルバのするどい視線を受けながら悩みに悩み、そして私は決断を下した。

「それって、間を取ることはできませんか?」

ハイリスクハイリターンより、私はローリスクローリターンを選びたかった。

そういうわけで、苦し紛れの妥協案が採用され、私は生徒会の補佐として陰ながら働くことになった。

この陰ながらというのが大事なのだ。

つまり補佐をしていることを他の生徒には公表せず、その仕事だけを手伝うことによって生徒会の人手不足は解消。なおかつ私は引き換えとして卒業時に仕事を斡旋《あっせん》してもらうという取り決めだ。

貴族は誰も彼も己の名誉をひけらかす傾向にあるので、この申し出はミセス・メルバに大層驚かれた。

だが、私としては誰の反感も買わずに将来の安心を担保できて万々歳である。

そういうわけで、今日は顔合わせということでミセス・メルバに生徒会室へ連れて行かれた。

時刻は放課後なので、今は校舎前のポーチに迎えの馬車が列を成している頃だろう。

私は学校に復帰してから居残りばかりしているので、基本的に迎えは遅めでいいと伝えてある。

むしろポーチの混雑が終わってからの方がすんなり帰れるので、これからもがんがん居残りはしていきたい。

コンコンとミセス・メルバが扉をノックすると、中からどうぞという柔らかい声が聞こえてきた。

実務作業を手伝う助っ人《と》が来るというのは、既に生徒会に話がいっているはずだ。

――階段から落ちた時のことを、殿下が覚えてなきゃいいけど。

彼の後をつけていて階段から転げ落ちたので、覚えていられると色々と体裁が悪い。

まあ顔を見られたのは一瞬のことだったし、私のような美人でもないモブのことなど王子は記憶にないに決まっている。

そんなことを考えていたら、ミセス・メルバが扉を開けてさっさと中に入ってしまった。一拍遅れて、私もその後に続く。

「お話ししていた手伝いの者を連れてきました。そこそこ優秀なので遠慮なくこき使ってやってください」

その紹介はどうなんだと思いつつ、私は彼女に教えられた礼儀作法の通り、ひざを折って腰をかがめた。

「シャーロット・ルインスキーと申します。よろしくご指導くださいませ」

「ルインスキーだと⁉」

すると、ガタリと音がしてすんなり済むものと思っていた顔合わせが思わぬ形で遮られた。

驚いて顔をあげると、そこには驚きと蔑《さげす》みに縁どられた冷たい美貌が。

「ジョ……ジョシュア様……」

生徒会室で王太子と机を並べていたのは、エミリアの兄であるジョシュア・ユースグラットだった。

彼は思わずといった様子で椅子を立ったところであり、ウィルフレッド王子は驚いた様子でその学友を見上げていた。

（あちゃー）

私は頭を抱えたくなった。

王子だけでなくジョシュアも生徒会役員であることを思い出したからだ。

ウィルフレッド王子がいることにばかり気を取られていたが、ジョシュアだって女生徒人気はすごいのだ。だから彼らに会える生徒会に応募が殺到したのだろう。

だが下手に彼らに近づきたい女生徒を生徒会に入れては、彼らの将来に差しさわりが出る。

そこで彼らに近づくことなど望んでもいない、私に白羽の矢が立ったというわけだ。

それならば手伝いには男子生徒を選べばいいのにと思わなくもないが、きっと王子が生徒会長だと派閥とかで人選が更に難しいのだろうなと自己完結した。

つまり私は、良くも悪くも父親がぽんこつなので補佐に選ばれたに違いない。伯爵の割に貧乏かつ小心者なので大逆を企む勇気もないし、私が王子と接点を持ったからといってそれを利用して何かできるような知恵もない。

ないない尽《づ》くしのお父様が、私はだんだん憐れになってきた。

そんなことを考えて上の空になっていたせいか、いつの間にかジョシュアは机を避けてつかつかとこちらに歩み寄っていた。

そして私の目の前まで来て、その高い身長からいかにも蔑んでますとばかりにこちらを見下ろしている。

「どうしてここにいる？　また何か企んでいるのか」

押し殺した声は殺意すら感じさせるが、私だってここまできたからには簡単に引いてやるつもりはない。

なにせこの仕事には将来の安定がかかっているのだから。

「まあ、心外ですわ。わたくしはただお仕事をお手伝いに来ただけなのです。それ以上でもそれ以下でもございませんわ」

「なんだと⁉」

まさか言い返されるとは思っていなかったのか、ジョシュアが眦《まなじり》を上げた。彼の眉間の皺が更に深くなる。

「ミセス・メルバも一体どういうおつもりですか？　こんな何を考えているかもわからない主体性のない不真面目な生徒を生徒会に連れてくるなんてっ」

どうやらジョシュアは、よほど私のことが気に入らないらしい。

気に入らないなら気に入らないで結構だが、ミセス・メルバにまで悪評を垂れ流しにするのはやめてもらいたい。

というか、せっかく手伝いに来たというのにその態度はいくらなんでも失礼だろう。

「あら、わたくしは彼女に適性があると思ったから推薦したのですよ。それともなんですか？　わたくしがまさか間違った判断をしていると？」

ミセス・メルバが不愉快そうな顔をすると、流石にまずいと思ったのかジョシュアは先ほどまでの険しい表情を取り繕《つくろ》った。

「そ、そういうわけではありませんが……」

「ま、まあ、彼女を疑うのは仕事の手伝いをしてもらって、その様子を見てからでも遅くはないのではないか？　人手不足は事実なのだし」

ウィルフレッド王子が苦笑しながら仲裁に入ろうとする。

ゲーム同様、この王子様は温和な性格でいらっしゃるようだ。

「主君の手を煩《わずら》わせるなんて家臣失格ではありませんか？　ジョシュア様」

うん。あまりの言いように私も少し頭にきていたらしい。

売られた喧嘩は買う精神で、ついつい彼の神経を逆なでするような言い方をしてしまった。

「なんっ……だと？」

紺碧の目が、ほの暗い光を湛《たた》えて私を睨みつけた。

こうして、前途多難な生徒会補佐の仕事は始まったのである。

第二章　副会長様は素直じゃない

よく考えてみたら、エミリアの取り巻きをやめたのだから、別にジョシュアに睨まれたところで痛くもかゆくもないのだ。

なので私は遠慮なく、ジョシュアを無視して仕事に打ち込むことにした。

そもそも、彼だって攻略対象キャラなのだから仲良くならない方が好都合だ。

補佐の仕事は主に、議事録の清書と算出された予算の検算だった。どうやらジョシュアは、私が重要な仕事に関わることがないよう、単純労働を任せることに決めたらしい。

副会長のジョシュアは、王子の補佐として事務作業を総括しているようだ。生徒会ということは知っていたが、副会長という役職についていることは知らなかった。

こうして、私の毎日は学校の授業と予習復習、更にそこに生徒会の手伝いが加わった。

毎日忙しく、エミリアに煩わされる暇もアイリスを探る時間もない。

だが、簡単な仕事とはいえ未来につながると思えばやりがいがあった。

議事録の清書は前の世界と文字が違うので混乱して少し時間がかかってしまうが、予算の検算は数字をきちっと合わせる作業がとても楽しい。

この辺りの業務は、前世でも似たようなことをしていたので大得意だ。

というわけで、今日も予算の簡単な計算間違いから気になった箇所などを一覧にして生徒会室に持っていくと、既にジョシュアが一人で机に向かっていた。

（この人も、だいぶ難儀な性格だよねぇ）

生徒会の仕事を手伝うようになって、彼の性格やその背景も少しずつわかってきた。

ジョシュア・ユースグラット、十八歳。王立学校最高学年で、幼い頃から同い年のウィルフレッド王子に仕えるべく厳しい教育を受けてきた。

彼自身ウィルフレッド王子に心酔しており、王子に不審な人物を近づけまいと常に気を張っている。

それが私に対する厳しい態度の理由だろうし、その気持ちはわからなくもない。

優しい王子は男女ともに人望があり、その分余計に色々な人物がジョシュアを頼って近づいてくる。

ゲームをしていても随分ツンデレだなあと思ったものだが、その人格形成にはちゃんと理由があったのだ。

「失礼します」

開きっぱなしになっていた扉をノックして声をかけると、ようやくこちらに気付いたのかジョシュアが顔をあげた。

「なんだ、まだいたのか」

時刻は夕刻。そろそろ日が暮れようとしている。

窓からは橙色《だいだいいろ》の西日が差し込み、彼の紺碧の髪をより深く際立たせていた。

私は、彼のぞんざいな口ぶりに思わず言い返す。

「今日中に終わらせろとおっしゃったのはどこのどなたですか？」

まさか言い返されると思っていなかったのか、ジョシュアは面食らったようだった。

「それは家で明日までにやってこいという意味だ」

そんなこと、言われなくてはわからない。

まあ、帰ったって父のお小言を聞かされるだけなので、別にいいのだが。

エミリアの取り巻きをやめたことがどこかから伝わったらしく、最近顔を合わせるとそのことばかり言われてうんざりしているのだ。

「早く終わったのならそれでいいではありませんか。それに、直接お伝えしたいこともありましたし」

「伝えたいこと？」

怪訝《けげん》な顔をするジョシュアに、私は一枚の紙を差し出した。

予算から気になる部分を抜き出して、計算し直したものだ。

「ここのところと、ここのところ。計算は合っているんですが数字が大きすぎます」

「なに？」

ジョシュアは目を細めて差し出した資料を凝視する。

その様子を眺めながら、私は説明を続けた。

「ミセス・メルバに資料を出していただいて過去の予算とも照合しましたが、例年の三倍程度の値になっていることがわかりました。必要な材料が突然高騰《こうとう》でもしない限り、こんな数字になるはずがありません」

忙しくジョシュアの目が左右に動くのを観察しながら、私は彼がどんな反応をするか想像してみた。

一番あり得るのは、私の仕事など信用できないとはねのけられること。

まあ、今までのシャーロットの所業を思えば、それも仕方ないのかもしれない。

もしそうなっても怒らないよう、予防線を張っておく。傷つかないためというよりは、怒りのあまり怒鳴り返さないようにするためだ。

だが、返ってきたのは予想外の反応だった。

「なるほど、合格だ」

いつもの取り澄ました冷たい顔を、ジョシュアはうっすらと微笑ませた。

「え？」

誰が、一体何に合格したというのか。

するとジョシュアは、こともなげにとんでもないことを口にした。

「悪いがお前のことを試させてもらった。ミセス・メルバの推薦だけあって、能なしではないというわけだな」

なんと、私は彼に試されていたらしい。

予想外の展開に、怒りよりもむしろ呆れが湧いてきた。

「随分慎重なんですね。殿下のためですか」

「なにがだ？」

私の反応が意外だったのか、彼は書類から顔を上げて私を見た。

「疑わしい者を殿下に近づけたくないのかと」

考えていたことをそのまま言うと、ジョシュアは鼻で笑った。

「この課題をクリアしたところで、お前が怪しいことには変わりない。ただ雑用がお似合いなのかそれとももう少しは使えるのか、試しただけだ。生徒会が人手不足だというのは本当だからな」

ジョシュアは冷静な態度を崩さずのたまう。

（そんなに人手が足りないなら、繰り上げで主人公のアイリスを手伝わせればいいんじゃないの？いや、就職先を紹介してもらうためにはアイリスに来られると困るんだけどさ）

攻略対象キャラであるウィルフレッドとジョシュアに対しても、できるだけ接点を持たないよう気を使っているのだ。たとえば補佐業務を空き部屋でやって極力一緒にいないようにしたり、学内で遭遇しないよう気を使ったり。

それにヒロインまでやってこられたら、私は間違いなくここにいられなくなる。どころか嫉妬したエミリアまでもやってきて、また没落ルートに逆戻りしてしまうかもしれない。

ともあれ、私も最近は補佐の仕事に忙殺《ぼうさつ》されつつあるので、できれば人手を増やしてアイリスの動向を探る暇ぐらいは欲しい。

「人手不足なら役員を増やせばいいではないですか。ついでに過去の記録を調べましたけど、通常は五、六人程度の役員とそれを補佐する執行委員によって生徒会を運営するのですよね。どうして今年度の生徒会には会長と副会長の二人しかいらっしゃらないのですか？」

人手不足になるのも当たり前である。

本当はいるはずの人員が全然足りていないのだから。

その上生徒会長であるウィルフレッド王子は公務などで学校を休みがちなので、自然とその業務のほとんどをジョシュアが引き受けているのだった。

いくら王子の補佐とはいえ公爵子息なのだからもっと生徒を顎《あご》で使っているのかと思ったが、ちっともそんなことはなくて、むしろ自分ばかり仕事を引き受けて残業してる中間管理職は辛いよタイプだった。

するとジョシュアは、少し驚いたように目を見開いた。

「そんなことまで調べたのか？」

「少し不思議に思いまして」

生徒会と言いながらそのメンバーが二人しかいなかったら、不思議にもなる。

なおかつ、活動を行っている人間が実質一人しかいなければ、あまりにも非効率的だと思うのは普通のことだろう。

ミセス・メルバが無理やり私を補佐に推薦した気持ちもわかるし、いくら人選が難しいからといって人手不足のままにしておくジョシュアも理解できない。

「殿下はご存知なのですか？　ジョシュア様がこれほどまでの仕事を担《にな》っていらっしゃることを」

実際に手伝ってわかったことだが、彼の業務は本当に多岐に渡っている。二人しかいない生徒会の運営はもちろんのこと、財務会計や果てには校内の資材管理など、雑多な業務をほとんどすべて一人で担っているのだ。

しかもそれらを無理に一人で片付けようとするものだから、こうして遅くまで居残りする羽目になる。

私の言葉の否定的なニュアンスに気付いたのか、ジョシュアは顔を険しくした。

「殿下に知らせる必要などない。無関係な人間が余計な口をはさむな」

ジョシュアの機嫌が、みるみる悪くなっていく。

先ほど合格だと言った時の笑顔など、淡雪のように儚《はかな》く消えてしまった。

「無関係だからこそ言わせていただきますけど、ジョシュア様がウィルフレッド殿下の知らないところで、一人でたくさんの仕事を抱えていると知ったらどのような気持ちになられるでしょうか？　この先大人になっても、ずっとそうしていくつもりですか？　ジョシュア様は将来高官を担うお方。それでしたら、生徒会で学ぶべきは仕事を割り振るノウハウなのではありませんか？」

頭に血が上って思わず言い返すと、ジョシュアが面食らったような顔をした。

その顔を見て、失敗したと悟る。

攻略キャラクターである彼と深く関わるつもりなんてなかったのに、前世のおせっかいおばさん根性がつい顔を出してしまったのだ。

「そ、それでは私は……」

これで失礼しますと部屋から出ようとしたところで、ジョシュアに呼び止められた。

そして彼は少し黙り込むと、何かを思い出すように遠い目をして口を開いたのだった。

「そうか……お前はまだ入学する前だったな」

明らかに何かを語り出しそうな言い回しに、私はどうしようか悩んだ。

そろそろ暗くなりかけているし、予算の内容に問題がないのなら帰った方がいい気がする。

別に早く帰りたいわけではないが、ジョシュアと二人でいるところを誰かに見られると面倒なことになる。

しかしそんな私の考えなどお構いなしで、ジョシュアは語り始めた。

「殿下は……ウィルはこの学校に入学した時、王族であることを理由に入学したばかりでありながら会長に就任することになった。だが、いくらウィルが優秀でも勝手も知らない生徒会長など務められるはずがない。そこで苦肉の策として、ウィルを名目上の会長にし、副会長が実質的に会長の仕事をこなすことになった。当時の副会長は最高学年で最も人望のある生徒で、彼自身、王家に忠実な家の出身だったのでそれがうまくはまった。問題が起きたのはその翌年のことだ」

つまり私が――シャーロットが入学する前ということか。

「俺たちが第二学年になった年、最高学年にはミンス公爵家の子息がいた」

それだけで、何が起きたのか私はおおよその見当がついた。

「なるほど。その方が王子ではなく自分が会長になるべきだと言い出したのですね？ ミンス公爵家が王家から枝分かれしてからまだ百年も経っていません。ミンス公爵家の御子息なら、ウィルフレッド殿下と王位継承権の順位も大きく変わらないはずですから」

私の推測は当たっていたようで、ジョシュアはかすかに目を見開いた後、苦々しそうに頷いた。

「驚いたな――その通りだ。まあ有名だからな。あの男が隙あらば王位を奪おうとしているというのは。初年度に言い出さなかったのは実質的な会長に気兼ねしたんだろう。人望を集めるような男ではないからな」

ジョシュアは忌々《いまいま》しそうに言った。

そんな彼の家も公爵家だが、ユースグラット公爵家が王家から分岐したのはもう何百年も前の話だ。

それに彼個人もウィルフレッド殿下に心酔しているし、はっきり言ってミンス公爵家の存在は目の上のたん瘤なのだろう。

「そしてあの男は、会長としての勤務実績のないウィルを会長から引きずり下ろそうとした。だが、たとえ学校の中とはいえ、公爵家の息子をウィルより上の立場に置くわけにはいかない。そこで俺とウィルが実際に生徒会を運営する必要が出てきたわけだ」

「そ、それは大変でしたね」

思わず同情すると、ジョシュアは皮肉そうに鼻で笑った。

「別に。俺たちは入学前から帝王学をたたき込まれているから、やってみたらむしろこれだけかと呆れたぐらいだ。学生の自治を実現する組織と謳《うた》ってはいるが、実際には失敗してもいい場所で将来の予行演習をさせられているようなものだな」

彼の言い分は、なんとなくわかる気がした。

日本で私が通っていた高校だって、生徒会役員というのは受験の時、内申点の足しになるぐらいの価値しかなかったし。

生徒による自治を実現したいなんて考える役員はおそらくいなかったはずだ。

「だが、皮肉なことにどうにかなってしまったことの方が問題だった。どうせすぐに泣きついてくるだろうと高をくくっていたあの男は、自分の思い通りにならないと知って俺たち以外の役員や執行委員に嫌がらせを始めたんだ。生徒会が正常に機能しなくなり、やむなくウィルは一度生徒会を解散することにした。そして同じ轍《てつ》を踏まぬよう、できるだけ俺たちだけで運営することにしたんだ。それからもう二年になるか」

私はついさっきまでジョシュアに抱いていた苦手意識を忘れて、素直に二人に対して同情した。

王位継承権を持つ公爵子息が本気で邪魔しようとしたら、逆らえる貴族などいなかったに違いない。

これが宮廷内でのことなら大きな問題になったはずだが、ことは子供たちが通う学校内でのことである。

ついでに言うと、王子とジョシュアだけでどうにかできてしまったから、ことが表面化しなかったのだろう。

人手不足だとかなんだかんだ言いながら、今日までどうにか生徒会を運営できてしまったから。

しかし年齢が上がるに従ってウィルフレッド殿下の公務が増えてしまい、その負担がジョシュアにのしかかってきているということか。

「もっと早く助けを求めればよかったのに」

「何か言ったか？」

呆れて呟いた声は、彼には届かなかったらしい。

本当に不器用な男だ。ミセス・メルバが無理矢理にでも私に補佐するよう命じた理由が、やっとわかってきた。

それにしても不思議なのは、ゲームにミンス公爵の名前など一度も出てきたことがなかったということだ。生徒会の人数が少ない理由も、ただ単にウィルフレッドが人気すぎて人選に困ってという、ある意味平和的な理由とされていた。

そんな陰湿な事件があったというのも初耳だ。


――あれ？　でも確かゲームの設定では……。


ゲームでは、ミンス公爵ではなくジョシュアの父であるユースグラット公爵が、娘であるエミリアをウィルフレッドに輿入れさせることで姻戚としての権力を握ろうとしていた。もしエミリアが男の子を産めば、ユースグラット家は次期国王の外戚になれるからだ。

ところがウィルフレッドルートではその野心が災いして、一族どころか我が家まで巻き込んで没落することになる。

一方でその辺りの設定はジョシュアルートにも生かされていて、ユースグラット家の没落と同時に窮地に追い込まれたジョシュアが、主人公のアイリスの機転によってユースグラット公爵として認められ、その父は蟄居《ちっきょ》という大甘裁定が下されるのだった。

ライバルキャラでありジョシュアの妹であるエミリアは、ヒロインであるアイリスに手を出そうとした咎《とが》で僻地の修道院へ送られ、取り巻きをしていたモブ――つまりは私もその巻き添えになっていたはずである。

命は助かるだろうが、できれば修道院送りも遠慮したいものである。

それにしても、と私はため息をついた。

ジョシュアは若いのに、なんとも苦労性で一人でしょい込むタイプのようだ。

こんなにウィルフレッドに尽くしているのだから、できればゲームのジョシュアルート同様、彼には救われてほしいと私は思った。

◇ ◇ ◇

さて、その日から力量が認められたのか何なのか、私に回される書類の枚数が一気に増えた。

ただでさえ暇がなかったというのに、これでは一層アイリスの動向を窺《うかが》う時間が作れそうにない。

どうしたものかなと考えていたら、チャンスは向こうの方からやってきた。

なんとジョシュアが、議事録の清書を別の者に任せる代わりに、私には生徒からの要望の仕分けをしてほしいと言い出したのだ。

生徒からの要望の仕分けはそれこそ生徒会の仕事ではと思うのだが、取るに足らないような案件も多く、かねてから資料の精査を誰かに任せたいと思っていたらしい。

（もしかして、少しは信用してもらえた？）

ジョシュアに会うと必ず眉間に浮かんでいた皺も、少し薄くなったような気がする。

別に好かれたかったわけではないが嫌われたかったわけでもないので、彼の態度が軟化したのは私にとっても嬉《うれ》しいことだった。

ついでに言うとその生徒からの要望の仕分けこそ、ゲームの進行状況を知る絶好の情報源になったのだ。

『第二学年のアイリス・ペラムは、婚約者のいる男子生徒に対して馴れ馴れしくし過ぎている。生徒会から注意してほしい』

『学内でミス・コンテストをするのはどうだろうか？　自分はペラム男爵令嬢であるアイリス嬢を推薦する』

『学校内で商売を行っている者がいる。風紀の乱れだ』

『エミリア・ユースグラット嬢が下位貴族であるアイリス嬢をいじめていた。なんとかしてほしい』

『アイリス・ペラムが男子生徒を侍《はべ》らせている！　破廉恥《ハレンチ》だ！』

『エミリア様がアイリス嬢を叱っておられたのは、彼女が男子生徒に色目を使うせいです。エミリア様に罪はありません！』

そんな感じで、要望の八割はアイリスに関するものだったのだ。

これにはガッツポーズを通り越して、呆れ果ててしまった。

だってなんなのか、この報告内容は。

生徒会に対する要望というのはもっと、カフェテリアのメニューにオムライスを加えてほしいとか、制服のスカートをもっと短くしたいとか、そんな他愛《たわい》もないものなんじゃないのか。

しかもこれらの要望を信じるなら、主人公であるはずのアイリスはあまりにも周囲の恨みを買い過ぎている。

一部男子生徒からは絶対的な支持を得ているようだが、そんな八方美人のビッチキャラが全年齢対象乙女ゲームのヒロインであっていいはずがない。

「いったいこれはどういうことなの？」

書類を仕分けしていた私は、訳がわからずまいってしまった。

私はてっきりアイリスはウィルフレッドルートに入っているものだとばかり思っていたのに、現実はそうではないらしい。

生徒からの要望を精査していくと、どうもアイリスはすべての男性との親密度をまんべんなく上げようとしているらしいのだ。

だが、ゲーム知識がある私からすれば、無駄な行動も多い。

（もし攻略対象を知っているとすれば、アイリスも転生者である可能性が高い。でも、それならど

うして無駄の多い攻略の仕方を？　あらかじめ分岐を知っていれば、もっと効率のいい方法があるはずなのに）

要望から得た情報には、首をかしげたくなる点がいくつもあった。

ついでに言うとこの中の二割ぐらいは、エミリアとアイリスの間の確執について告げ口したり擁《よう》護《ご》したりする内容だ。

どうやら私がエミリアと距離を取っている内に、彼女はアイリスと何度も衝突していたようだ。

だがこれらの要望を読む限り、エミリアはアイリスを憎む女子生徒から一定の支持があるようだ。

確かに彼女は少し強引でシャーロットから見れば嫌な部分もあったけれど、お淑やかにしていなければいけないこの学校の女子生徒にとっては眩《まぶ》しい存在なのかもしれない。

他のライバルキャラたちもアイリスの無法っぷりには憤《ふん》慨《がい》しているらしく、要望から読み取る限りエミリアがその旗印になりつつあるらしいことがわかった。

実際にゲームをプレイした身としては、何とも複雑な気分だ。

多くの人に愛されるはずのヒロインであるアイリスが、女生徒からの恨みつらみを買っているのだから。

「これは、ウィルフレッドルートではないってこと？　そういえば、あれから二人が親しくしているところも見ていないし……」

生徒会の仕事に関わるようになってウィルフレッドとの接触も増えたが、彼とアイリスが一緒にいるところを見たのは階段から落ちた時の一度きりだ。

当時のことを根拠に私はアイリスがウィルフレッドルートを進んでいるのだと推測していたが、どうやら現実は違うらしい。

ついでに言うと、ジョシュアのルートも全く進んでいない。

本来なら今頃の時期には陰ながらジョシュアの仕事を手伝っているはずなのに、その仕事をしているのはなぜかモブのはずの私だからだ。

なんだかなあと思いつつ要望の要点をまとめていつものように生徒会室に向かうと、そこには予想外の人物が待っていた。

「来ましたわね、シャーロット」

ジョシュアと共に生徒会室にいたのはなんと、彼の妹であるエミリアだった。

最初の登校日以来ほとんど言葉を交わしていなかったので、これには驚いてしまい言葉が出なかった。

もうすっかり、彼女の取り巻きのポジションを脱したものと思っていたのに。

思わず及び腰になる私に、エミリアがつかつかと近づいてきた。

今日は取り巻きは一緒じゃないようで、生徒会室の中には青と赤の色彩を持つ美しい兄妹二人きりだ。

(うーん、これって私、場違いじゃない？　というかエミリアはなんでここに？)

対応を考えあぐねている間に、距離を詰めたエミリアが私の目の前で立ち止まった。

深紅の瞳が、きらりと光って私を突き刺す。

「シャーロット、あなた……」

「つ……っ」

十六歳ながら放つ何とも言えない迫力にたじろいていると、彼女は私の目の前で叫んだ。

「ずるいです、ずるいですわ！　お兄様はいつもお帰りが遅くて、わたくしだってろくに一緒にいられませんのよ！」

私を置いてきぼりにして更に言い募るエミリアはなんと涙目だ。

「いやちょ、落ち着いてください」

「これが落ち着いていられますか！　殿下とのことをお兄様に告げ口したばかりか、どうやって生徒会に入り込みましたの、この泥棒猫！」

あんまりな言い分に眩暈がした。

前世も含め、人生で泥棒猫などと罵《のの》しられたのは初めてだ。

怒りよりもむしろ、「あー、本当に泥棒猫なんて単語使う人いるんだー」と気が遠くなる思いだった。

「いい加減にしろ！」

そんな中、私でもエミリアでもない第三者の声が、生徒会室の中に響き渡った。

当然、声の主はジョシュアだ。

彼は般若《はんにゃ》もかくやと思われる形相で、私からエミリアを引き剥《は》がした。

「お前に公爵の娘としての矜持《きょうじ》はないのか⁉　嫉妬に駆られて罪なき者に詰め寄るような真似を……っ。大体、夜会でのことを告げ口と言ったな？　ということはやはり、シャーロットが殿下の後をつけていたのは、お前の命令だったということか？」

矢継ぎ早《ばや》に愛する兄にまくし立てられ、エミリアは違う意味で涙目になっていた。

こうなると気が強いとはいえ女子である。

その目じりからは大粒の涙が零《こぼ》れ落ち、彼女は子供のようにしゃくりあげて泣き始めた。

「そ、そんなに怒らなくたっていいではありませんか。わ、わたくしはただ殿下のお気持ちが知りたくて……」

「ならばこの兄を頼ればよかっただろう！　彼女を巻き込んだ挙句、肝心な時に知らないで済むと思うのか！　見損なった。貴様はユースグラット家の恥だ。もう口もききたくない」

「そ、そんなー‼」

エミリアは普段の気位の高さなどかなぐり捨て、わんわんと子供のように泣き始めた。

しかしジョシュアの怒りはちっとも収まる様子がなく、それどころかその表情の鋭さはまるで悪鬼のごとくである。

「や、あのちょ……」

完全に巻き込まれた形の私は、どうにかこの状況を改善しようと試みた。

エミリアを援護するような仏心を出すつもりはないが、彼女はジョシュアルートのライバルキャラにも指定されるぐらいの熱烈なブラコンなのである。

その敬愛する兄に責め立てられ、私を責めていた時の気位の高さなどどこかへ消え失せてしまったようだった。

「まあまあ、私もう気にしてませんから」

これは本当のことだ。

というか最近、すっかりエミリアとの縁は切れたのだと油断して、半分その存在を忘れかけていたぐらいだ。

今日久しぶりに会って、赤の縦ロールという衝撃的なビジュアルに改めて驚かされた。

「う、うう～っ！　わたくしはあなたに酷いことをしたのに、許してくださるのねー！」

何を勘違いしたのか、エミリアが泣いて縋《すが》りついてきた。

いや、気にしてないだけで別に許したわけではないのだけれど。

しかし盛大に泣いている彼女は入念に施された化粧がひどいことになっており、とてもそんなことを指摘できる状況ではなかった。

「俺からも、謝らせてくれ。殿下のすぐそばにいた君が階段から落ちたせいで、もしや刺客が現れたのかと気が立っていたのだ。実情は妹に命じられて殿下の後をつけていた君がうっかり階段から落ちただけだったが――。とにかく、あの日のことは申し訳なかった」

ジョシュアはとんでもないことになっている妹のことなど意に介さず、私の当時の行動に少し呆れながらも、誠実な謝罪をしてくれた。

まあ自分でも、呆れられても仕方のない行動だとは思う。

それにしても、俺から〝も〟って言う割にエミリアは謝ってないよね？

そんなことを頭の片隅で思ったが、今は彼女からの謝罪よりも制服をがっちりつかんで離さない彼女に離れてほしい、とそんなことばかり考えていた。

ジョシュアも、謝罪よりもこの妹のことをどうにかしてほしい。

（現在進行形で迷惑かけられてるんですけど⁉）

どんどん縋りつく力の強くなるエミリアを引き剥がそうと悪戦苦闘しつつ、私は乾いた笑いを浮かべた。

「や、もうほんと、そういうのいいんで、とにかく離してもらえませんか？」

その後、ジョシュアに協力してもらいエミリアを何とか引き剥がすことに成功した。

まったく、普段は扇子より重いものなんて持ったことがないという顔をして、あんなに握力が強いなんて意外もいいところである。

一体どこで鍛えたというのか。

「今日はこんな状態ですから、生徒からの要望については帰ってから確認していただければ結構です。リストにまとめておきましたから。とりあえず、もう帰ってエミリア様と二人でよく話し合ってください」

「だが……」

すっかりひっつき虫になった妹にしがみつかれているジョシュアに、私は言った。

彼は生真面目に業務を続けようとしたが、こんな状態で居残られる方が迷惑だ。

私は前世での出来事を思い出した。仕事に失敗した新人をなだめて帰らせようとしても、責任を感じてなかなか帰ろうとしなかったものだ。

その心がけは立派だが、仕事もろくに手につかない状態で残ってもらってもどうしようもないのである。

挽回したいというのなら、家に帰って明日取り返してくれた方がこちらとしてもありがたい。

「要望を一通り確認しましたが、急ぐ案件はありませんでした。今日ぐらいは早く帰って、妹さんとの間にある誤解を解くのが賢明かと。私が生徒会を手伝っていると吹聴《ふいちょう》されたら面倒ですので、念入りに口止めをお願いします」

生徒会室に入ってきた時にかけられたセリフを思えば、むしろ誤解を解いてもらわないと私の身が危険そうである。ついでに生徒会との関わりを周囲に知られでもしたら目も当てられない。

ジョシュアもそれを察したのか、エミリアを連れて部屋を出ていった。

私は面倒な兄妹を部屋から追い出すと、明日仕事がしやすいよう少しばかり書類を整理して、いつもより早く帰路についた。

案の定顔を合わせた父からはお小言をいただいたが、すごい顔で泣き縋ってきたエミリアと比べれば、まったくなんてことはなかったと追記しておく。

◇　◇　◇

翌日、いつものように馬車で登校すると、見覚えのある光景が私を出迎えた。

取り巻きを引き連れたエミリアが、校舎前のポーチで私の前に立ちはだかったのである。

「ごきげんようシャーロット」

相変わらず縦ロールがきまっているエミリアは、化粧もばっちりで全身から自信が満ち満ちている。

昨日別れた時とは大違いだ。

私と同じように馬車で登校してきた生徒たちは、こちらを盗み見つつも関わり合いになるのを避けようとしているのは明白で、一様に迂回《うかい》して校舎へと向かう。

直接助けなくてもいいから先生でも呼んできてくれればいいのにと思うが、救いの手を当てにするのはやめておいた方がよさそうだ。

「おはようございます、エミリア様」

基本的にお行儀のいい人たちなので殴られたりはしないだろうと思いつつ挨拶すると、エミリアはそんなことお構いなしで素早く私の手を握った。

いきなりのゼロ距離である。

昨日から思うのだが、実は彼女は暗殺者として特殊な訓練を受けているんじゃないかと思う。なにせこちらが反応できないほど、素早い動きをしてみせるのだから。

「え、え⁉」

手を握られたことに気付いて思わず後ずさろうとすると、エミリアは更に身を寄せて熱っぽい瞳をこちらに向けてきた。

「わたくし、改心しましたの。いつも手に入らないものを妬んでばかりで、己の努力が足りなかったのだと」

「は？」

てっきりいつもの癇癪《かんしゃく》が爆発するのかと思っていたら、どうも違うらしい。

彼女はスチルになるんじゃないかというぐらいの眩しい笑顔で、私を見つめていた。

「お兄様に伺いましたの。シャーロットはわたくしの庇護下から離れ、その身一つで学業に身を投じ完全なる善意で生徒会のお仕事を手伝っていたと……わたくし感服いたしましたわ」

一体ジョシュアはどのような伝え方をしたのだろうか。というか全然口止めされてないし。むしろ取り巻きたちに意気揚々と言いふらしている。もうどこからつっこんでいいかわからない。

というかそもそも、学業って一人では危険みたいな言われ方をするものだっけ？

どこかの戦場と間違えているのだろうか。

「い、いやー。完全なる善意なんて言い過ぎじゃ……」

あまりのことに、思わず素がでてしまった。

あんなに厳しく礼儀作法を叩き込んでくださったのに、ミセス・メルバごめんなさい。

「ああ！　なんて謙虚なのでしょう！　皆さまもシャーロットを見習って学業に打ち込むのです。そして共に陰ながら殿下とお兄様を支えましょう！」

いや、全校生徒の前で宣言しておいて何を陰ながらとか言っちゃってるんですか。

生徒会との関わりがばれてこれからどうなるのかと、私は身を震わせた。

先ほどまで見て見ぬふりをしていた生徒たちが打って変わって、唖然としたようにこちらを見ているのがわかった。

かつての同僚である取り巻きたちは、顔をこわばらせて口元に笑みを張り付けている。

「ほ、本当に素晴らしいですわ！」

「シャ、シャーロットさん。あなたはわたくしたちの誇りよ」

「そ、そうよ。そうよ」

動揺が隠せない彼女たちを横目に、私はエミリアを見た。

その目にはまるでヒーローに憧れる子供のように無垢《むく》な光が宿っていて、とても結構ですとは言い難《にく》い雰囲気だった。

ジョシュアには、一体どのような説明をしたのだと小一時間問い詰めたいくらいだ。

「あ、あははー……」

とにかく自分を落ち着けるために笑ってエミリアの熱意を受け流していると、彼女は更に驚くようなことを口にした。

「わたくしたちは執行委員として、新たに生徒会役員となったシャーロットを全面的にバックアップしていきますわ！」

「え⁉」

一体何がどうしてそうなったのか。

もう乾いた笑いを浮かべている場合ではなかった。

（いやいや、正式な生徒会役員になるのなんて望んでないからー！　そんなの他の女生徒にどんな顔されるか……というか、それってウィルフレッドルートのヒロインを邪魔してない⁉　私がライバルキャラになっちゃうんじゃない⁉）

あまりのことになんて言っていいかもわからず動揺していると、エミリアの肩越しにアイリスがこちらを見ているのがわかった。

ピンクのふわふわした髪に、新緑の輝く目を持つこの世界のヒロイン。

彼女の視線に殺傷能力があったら、間違いなく私はこの場で息絶えていただろう。そう思わせる

ほど鋭い憎悪が、モブである私に突き刺さる。

一方で本来のライバルキャラであるはずのエミリアは、小声で熱っぽく私を讃える言葉を並べ立てていた。

いや、ほんとにどうしてこうなった。

今日からそっくりの双子が登校してきていると言われた方が、まだ説得力がある。

（なんでー？　私はただモブに徹して没落を回避したかっただけなのに！）

一向に止む気配のないアイリスの圧のある視線に、暗い未来を想像して思わず背筋が震えた。

◆　◆　◆

私の名前はアイリス・ペラム。

貴族の中では最下位にあたる男爵の娘だ。

でもそんなことはどうでもいい。なぜなら私はこの世界の主役だから。

こう言うと痛い女みたいに思われるでしょうね。

でもこれが真実なの。

ここはスマートフォン向け恋愛シミュレーションゲームアプリ『星の迷い子』の世界で、私はユーザーの身代わりとなる主人公キャラってわけ。

地球の人間ならまずありえないピンク色の髪も地毛よ。この世界では珍しくもなんともないという設定だけど。んなあほな。

どうして私がこんなことを知っているかといえば、それは私がゲームが配信されていた世界からの転生者だからに他ならない。

そのことに気付いたのは、十歳の時よ。

思い出した時には何が何だかわからなかったけれど、冷静になって狂喜乱舞したわ。だって私が主人公なんだもの。つまり将来は約束されたも同然。

王子を攻略すれば王妃だって夢じゃないし、他の攻略キャラだって負けず劣らず魅力的だ。

私がこのアプリをダウンロードしたのは、死ぬ少し前のことだった。

歩きながら夢中になってプレイしていたら、うっかり赤信号の時に横断歩道に飛び出してしまって轢《ひ》かれちゃったのよね。

それはそれで悲しいけど、この世界の中でも主人公ポジションに転生できたからもういいの。

それよりも大事なのは、私がまだ全員のシナリオをクリアし終えていなかったってこと。

というかメインであるウィルフレッドルートしかまだ攻略できていなかった。

私の一押しは、彼の乳兄弟である公爵子息のジョシュア様だったというのに！

最初に攻略対象キャラを選ぶ時、とりあえずはメイン攻略キャラであるウィルフレッド様を選んだのが敗因ね。まさか彼の攻略直後に、死ぬなんて思ってなかったんだもの。

そういうわけで、他のルートのシナリオを覚えていないのが悔しいところよ。

フルコンプさえしていれば、その記憶を元に無駄のないルートで攻略対象キャラを全員落とせたというのに。

でもまあ、今まで数多《あまた》の乙女ゲームをプレイしてきたんだから、きっとどうにかなるでしょ。

この世界に生まれ変わったからには、主人公であることを生かして最大限楽しもうと思う。

目指すは攻略キャラ全員クリアのハーレムエンド。

全員の顔と名前はわかってるんだから、きっと余裕よね。

ただ一つ気になっていることがある。それは『星の迷い子』に実装されていた世にも珍しい『ライバルシステム』。

攻略対象キャラ一人につき、必ず一人邪魔をしてくるライバルキャラがいるの。

これは実際にシナリオを進めてみないと誰だかわからないシステムになってたから、私はウィルフレッドルートのライバルであるエミリア・ユースグラットしか知らないってわけ。

いうなれば悪役令嬢ってやつ？

赤の縦ロールっていうパンチのある外見をしていて、きつめな顔立ちに「おーっほっほ」とか笑っちゃうテンプレートな悪役ね。

私の推しであるジョシュア様の妹っていうのが、より一層ヘイトを感じさせる。

彼女にはぜひウィルフレッドルートのシナリオ通り、父親の謀反に巻き込まれて没落してもらいたいものだ。

あれ、でもそうなっちゃうとジョシュア様も連座させられちゃうのだろうか。

そのあたりはジョシュアルートの詳細がわからないのが痛いな。

ウィルフレッド様もジョシュア様もどちらも攻略したいだけに、難しいところだ。


そんなわけで、人生勝ち組確定だとばかりに、私は胸を躍らせて王立学校に入学した。

領地ではお姫様みたいな扱いだったけど、王都までくると貴族もいっぱいいてそうはいかない。

しかも私の実家は男爵位だし、目上の貴族の失礼にならないようにと、お父様にはしつこいほど言い聞かされた。

私はこの世界の主人公なんだから大丈夫って言ってるのに、お父様は心配性なのだ。

入学式で偶然ウィルフレッド様に出会うイベントも無事こなしたし、学校内を走り回って攻略対象キャラとは全員と挨拶できた。

これでハーレムエンドはばっちりよと思ってたんだけど、そう簡単にはいかなかった。

なにせウィルフレッド様以外の好みやよくいる場所がわからないのだ。だからキャラクターを探している内に一日はすぐ終わってしまうし、イベントを起こすのも容易ではなかった。

授業をサボっている攻略対象キャラを探していると結果的に自分も授業をサボることになってしまうし、でも最低限パラメーターをあげておかないとジョシュアルートはクリアできないし、途中で少しくじけそうにもなった。

どうしてこの世界にはリセットボタンがないんだろう。

攻略対象キャラの誰とも出会えなかった日など、朝に戻って一からやり直したいと何度思ったことか！

そうこうしている間に、私は二年生になった。

一年生は地道にパラメーターをあげたり親密度をあげたりする期間で、本番はウィルフレッド様とジョシュア様が最高学年になる今年だ。

山場はなんといっても、卒業記念パーティーのダンスシーンとエミリア婚約破棄イベント！

前世の知識を総動員してドレスも発注しているし、今からその日が待ち遠しくて仕方ない。

ただ気がかりなのは、ジョシュア様とまだろくにイベントの一つも起こせていないこと。

ツンデレな設定が私的には大変ツボなジョシュア様だが、ツンなだけあってなかなか親密度をあげるのが難しいみたいなの。

話しかけてもいつも忙しいからとあしらわれてしまうし、一体どうしたらいいのか……。

そう悩んでいたある日、学校に登校したら衝撃的な場面に出くわした。

「わたくしたちは執行委員として、新たに生徒会役員となったシャーロットを全面的にバックアップしていきますわ！」

なんと悪役令嬢のエミリアが、見たこともない女性の手を取ってこんな宣言をしているではないか。

生徒会役員といえば、女生徒なら誰もが憧れるウィルフレッド様とジョシュア様を独り占めにできるポジション！

私もなんとか潜り込もうとしたけど、ジョシュア様は相手にすらしてくれなかった。

こんなに可愛い後輩が手伝いたいって言ってるのに、あの人ちょっとおかしいんじゃないの？

改めてエミリアの向かい側にいる生徒をよく見たけれど、見覚えのない地味な女生徒だった。

きらびやかなキャラが多いこの学校にあって、すぐに埋没《まいぼつ》してしまいそうな外見をしている。

（盲点だった！　ライバルキャラというからにはエミリアみたいにアクの強いキャラデザだろうと思ってたのに！）

どうやら、ジョシュアルートのライバルキャラは彼女と考えて間違いないようだ。

しかも、主人公にこそ相応《ふさわ》しい生徒会役員には彼女が選ばれたという。

こうしてはいられない。私はさっそく、彼女にとって代わるための策を練り始めたのだった。

◆　◆　◆

私はめげずに忙しいながらも地味な生活を続けようとしたけれど、無理だった。

なにせエミリアが私を放っておいてくれないのである。

「シャーロット！　次は何をしますの？　何でもお手伝いしますわ」

ルビーのような赤い目を輝かせて、今日も何か手伝おうと私のもとにやってくる。

少し前まで立派に悪役令嬢をやっていたくせに、今ではまるでプライドは高いが懐くと一途《いちず》な大型犬のようだ。

「て、手伝いですか……？」

私は自分の顔が引きつっていくのを感じた。

没落ルートから外れるためエミリアと距離を取ろうとしただけなのに、一体全体どうしてこうなったのか。

「そうです。わたくし思いましたのよ。シャーロットはいつも忙しそうだなと。それこそ、声をかける隙もなかったくらいですわ。わたくし、あなたとお話ししたかっただけなのに」

どうやら、少し前までの自分の行いを忘れてしまったわけではないらしい。

――が、なにやら都合よく書き換えられている模様だ。

声をかけようとしていたのは、言いつけに逆らった私に苦情を言うためだろうに、そのことは彼女の脳みそから綺麗に抜け落ちてしまっているらしい。

「そ、そうでしたの？　申し訳ありません。授業に遅れていたので、取り返すのに必死だったものですから」

嘘は言っていない。

事実、前世を思い出す前のシャーロットの成績はぼろぼろだった。

理由はエミリアに付き合って授業をサボタージュしていたせいだが、その辺りのことは藪蛇《やぶへび》になりそうなので黙っておく。

「長くお休みしていましたものね。でも、高等貴族に下位貴族の教師による授業なんて必要かしら？　わたくし国王陛下を敬愛しておりますけれど、未だにこの学校を続けている意図については懐疑的なのです」

やはり人はすぐに変わらないもののようで、授業に対して身が入らないところは今も変わっていないらしい。

なので私は、余計なことと思いつつもつい反論してしまう。

「エミリア様は由緒ある公爵家のご令嬢ですからそう思われるのかもしれません。ですが、わたくしのように実家の力が弱い貴族にとってこの学校というものは大変ありがたいものなのです」

すると、まさか口答えされると思っていなかったのかエミリアが目を丸くする。

「あら、どういう意味かしら？」

「将来、わたくしの見た目ではいい結婚も望めそうにありませんので、自活の道を探求しようと思いまして。そのためには、この学校での評価がとても大事になってくるのです。当家には頼りになる伝手《つて》もありませんし……」

言ってたなんだか悲しくなってきた。

いや、本当のことなんだけど。

私がまさかここまであけすけな主張をするとは思っていなかったのか、エミリアはさらに目を丸くしていた。

ちなみに後ろにいる取り巻きたちは、身に覚えがあるようで気まずそうな顔をしている。

「まあそんな。将来を悲観するものではないわ。貴族ですものシャーロットだって結婚ぐらい……」

エミリアが言いたいこともわからないではない。

貴族なのだから金さえ積めば結婚できると言いたいのだろう。

だが、世の中それほど甘くはないのだ。

「いえ、当家は持参金もろくにつけてもらえなさそうな状況なのです。最悪、どこぞの年寄りに売り払われる可能性もあります。それぐらい貧窮《ひんきゅう》した状態なのです」

私の目がマジだとわかってくれたのか、エミリアはもう言い返してはこなかった。

むしろ私を取り囲んでいた面々からは、同情の空気すら感じる。

いくら何でも直截《ちょくせつ》に言い過ぎたかもしれない。

まあいいか。別にこれは親の恥ではあっても、私の恥ではないのだから。

「だからわたくしは、学業に打ち込んでいるのです。伯爵の娘として定められた将来ではなく、自分で未来を選ぶために。勿論、エミリア様のお考えもわかります。ですから、わたくしたちはもう、どうやっても相容《あいい》れないのかもしれませんね」

そういうわけだからもう放っておいてくれないか。

最後の最後に残しておいた本音を、私は口にはせず飲み込んだ。

エミリアだって馬鹿じゃない。ここまで言えばわかってくれるだろう。

ゲームのこともあるし、私たちはお互いに関わらない方が幸せなのだ。

だが、彼女の行動はどこまでも私の想像を超えていた。

「なんてかわいそうなシャーロット！」

そう叫んだかと思うと、突然エミリアが抱き着いてくる。

たわわな胸を押し付けられ、喉の奥から奇妙な悲鳴が漏れる。

犬の玩具《おもちゃ》とかを押すと鳴る音っぽいやつだ。

「貴族でありながら自活を目指すだなんて、なんて立派なのかしら！　わたくし、間違っておりましたわ」

ふざけているのかと思ったら、どうやら本気で感動しているらしい。

彼女は感極まった声をあげ、強い力で私を抱きしめながらなおも叫んだ。

「決めましたわ。わたくしもシャーロットと同じように、学業に邁進《まいしん》いたします。それが、生徒会執行委員としての務め！」

どうやら、私はエミリアの妙なスイッチを押してしまったらしい。

こんなはずではなかったのにと、私はエミリアの胸に顔を押し付けられつつ虚しい気持ちになった。

アイリスにも敵認定されてしまったようだし、ゲームはどうやっても私をシナリオから退場させてくれないつもりらしい。

◆ ◆ ◆

その日から、エミリアは変わった。

真面目に講義に出て、授業態度も熱心そのものだった。

クラスメイトや教師たちは、一体何があったのかと噂し合った。

ミセス・メルバに何があったのかと聞かれたが、それは私の方が聞きたい。

――ドン引きさせて距離を取ろうとしたら、まさか逆効果になるなんてー！

すぐに飽きると思っていたのに、エミリアはどこまでも私についてくる。

たとえばミセス・メルバの特別授業も、自分も参加したいと言ってきたほど。

「そこはもっと深く腰をかがめて！」

今も、取り巻きを引き連れて礼儀作法の授業を受けている。

さすが公爵令嬢というべきか、全ての所作が優雅で隙がない。

だがそこはやはりミセス・メルバというか、エミリア相手でも容赦《ようしゃ》なく間違いを指摘していて、そのたびにエミリアの笑顔にひびが入るのがわかった。

（いいぞミセス・メルバ！　もっと言ってやって！　そしたらエミリアは投げ出すかも……っ）

私は彼女に最後の望みをかけた。

ちなみにこの間、私と他の取り巻きたちはエミリアの十倍ぐらい注意を受けている。

ただお淑やかそうにしているだけに見えて、貴族の礼儀作法というものは奥が深い。

「はい、いいでしょう。今日の授業はここまで」

ミセス・メルバの合図に、私たちはかがめていた腰をまっすぐ伸ばした。

お辞儀には色々種類があり、相手や場面によって腰のかがめ具合や頭の下げる角度を変えなければならないという。

これは宮廷で働くようになっても必要な技能ということで、私は必死になって覚えているところだった。

「さて、エミリア・ユースグラット」

指導が終わったと一息ついた瞬間、ミセス・メルバがエミリアの名を呼んだ。

「シャーロットと同じ授業が受けたいというから許可しましたが、公爵令嬢のあなたにとってはこんな授業退屈だったのではないですか？」

これには、さすがの私も驚いた。

ミセス・メルバは、指導こそ厳しいが学ぼうという意欲がある生徒には寛大な人だ。

だからまさか、授業が終わった後になってエミリアを試すようなことを言うなんて、思ってもみなかった。

確かにエミリアは今まで彼女の授業をサボることが多かったので、ひとこと言ってやろうという気持ちになっても仕方ない。

私自身エミリアには早く飽きてほしいと願ってはいたが、だからといってせっかくやる気を出した生徒に彼女がそんなことを言うなんてと少し悲しい気持ちになった。

そしててっきり怒ると思っていたエミリアの返事は、更に意外なものだった。

「退屈……とは思いませんでしたわ。不思議と」

彼女はまっすぐにミセス・メルバを見つめ、言った。

「わたくし、幼い頃から礼儀作法の授業が大っ嫌いでしたの。あれもダメこれもダメと叱られてばかりで。お兄様は外で剣術の授業を受けているのに、女の子はなんて退屈なんだろうと思いましたわ。さらに学校に来てまでそれを学び直す意味がわかりませんでしたわ。ならば、その時間をもっと有意義に使おうと思いました」

エミリアが授業をサボる理由。

今までそんなこと気にしたこともなかったので、真面目にそう語るエミリアを意外に思った。

ミセス・メルバは、そんなエミリアを叱るでもなくただまっすぐに見つめている。

「では、今も無駄だと思うのですか？」

ミセス・メルバの問いに、エミリアはゆっくりと首を横に振った。

「いいえ。一人ではなく複数人で授業を受けることで、自分の礼儀作法について客観視することができました。どうやらまだまだ学ぶべきことはあったようです」

思わず息を呑んだ。

十六歳という年齢でありながら、エミリアは物事の本質を理解する賢さや、異質なものを受け入れる度量がある。

私は今まで彼女のことをテンプレの、高飛車なお嬢様だと思っていた。

だからゲームのシナリオから遠ざかるために、すぐに彼女と距離を取ろうという結論に至った。

でも彼女は実はそんな単純な人格ではなくて、自分が間違っていたことを認めることのできる強い人だ。

悪役令嬢のエミリアではなくこのエミリアなら、仲良くしたいし没落してほしくないなと素直に思った。

「よろしい。さすが公爵家の姫ですね。今後もその気持ちを忘れないように」

滅多に人を褒めないミセス・メルバが、エミリアを褒めた。

これにはエミリアとその取り巻きたちも、驚いたような顔をしている。

横に並んで呆《ほう》けた顔をしている面々に、ミセス・メルバがうっすらと口元を歪《ゆが》めた。

「なんですかその気の抜けた表情は！　貴族なら胸の裡を容易く相手に悟られてはなりませんよ！」

打って変わって厳しい言葉に、私たちの顔が引き締まる。

私にはミセス・メルバが一瞬笑ったように見えたのだけれど、もしかしたら気のせいだったのかもしれない。

第三章　ヒロイン襲来

その日、私は生徒会室に残って書類の整理をしていた。

本当に、こんなにたくさんの書類をよくぞため込んだものだ。

これじゃあ後で探すのが大変だし、いくら生徒会室が広かろうとため込むことのできる量には限界がある。

最初はエミリアがやると言い出したのだが、整理整頓などしたことがないそうで何をどうしていいかわからずパニックになっていたので先に帰らせたのだ。

まあ私も、いつかは手を付けなければと思っていたので、今日がそのタイミングなのだろうと歩き回りながら書類の整理に熱中していた。

生徒会室の中には、珍しくウィルフレッド王子とジョシュアが揃《そろ》って机に向かっている。

誰も口を開かないので、部屋の中はとても静かだった。

「妹が世話になっている」

そんな中、突然ジョシュアが口を開いたものだから、私は最初ウィルフレッドに対して言っているのかと思った。

なので自分は関係ないとばかりにもくもくと仕事を進めていたら、後ろからもう一度声がした。

「妹が世話になっている」

どうしてウィルフレッドは返事をしないのだろうと不思議に思って振り向くと、いつの間に机から離れたのかジョシュアがすぐ近くにいてびっくりした。

いくら贅沢な毛足の長い絨毯が敷いてあるとはいえ、足音も気配も消し過ぎだと思う。

「うわぁ！」

驚きすぎて、思わず手に持っていた書類の束を放り出してしまった。

「何をやっているんだ」

ジョシュアが呆れたようにため息をつく。

いや、どう考えてもそっちが悪いと思うんですけど。

ジョシュアが腰をかがめて書類を拾い始めたので、私も慌ててそれに倣《なら》った。

というか、第一印象が敵意むき出しだったので、まさか書類を拾ってくれるなんて思わなかったのだ。

そりゃあゲームの中では多少優しかったけど、それは相手が主人公だったからだしね。

書類を拾い終えると、私たちの間には気まずい沈黙が流れた。

お礼を言わなければと思うのだが、どうもジョシュアが怒っているような気がして口を開く気にならないのだ。

静寂を打ち破ったのは、驚いたことにウィルフレッドの笑い声だった。

「はははは！」

ぎょっとしてそちらを見ると、ウィルフレッドが耐えられないとばかりにお腹を抱えて笑っていた。

なにがそんなに面白いのかと、私たちは困惑する。

「はは……ジョシュ、もっとわかりやすく言わなければ伝わらないよ。シャーロットはお前の不器用さに慣れていないんだ」

笑いが収まってきたのか、ウィルフレッドがこんなことを言った。

ジョシュアが不器用だという評価がウィルフレッドの口から出たのは、少し意外だ。

生徒会の仕事をほとんど一人でこなしてしまったり、私は彼をなんでもそつなくこなす器用な人だと思っていたから。

途端にジョシュアが、苦虫を噛《か》み潰したような顔になる。

「ウィル……」

「こら、怖い顔で睨むなよ。シャーロット嬢が怯えてるぞ」

別に怯えてなんていなかったが、ジョシュアはウィルフレッドの言葉を確認するかのように私の顔を覗き込んだ。

紺碧の瞳はまるで深い海のようで、間近で見ると吸い込まれそうになる。

「べ、別に怯えてなどいませんわ。その……書類を拾っていただいてありがとうございます。それで、わたくしに何か御用でしたか？」

なんだか妙な雰囲気なので話を仕切り直すと、ジョシュアがそうだったとばかりに口を開いた。

「ああ、いや……妹が随分世話になっているようなので、その礼をな。真面目に授業を受けていると聞いて、俺も驚いた」

「それでしたら、別にお礼を言っていただくようなことではありませんわ。立派なのは頑張っていらっしゃるエミリア様ご自身ですから」

これは謙遜《けんそん》ではなく本音だった。

自分の考えを変えるというのは、そう簡単なことではない。

けれど今のエミリアは、以前の自分を反省して変わろうとしている。

きっかけは何であれ、それは彼女自身の頑張りに他ならない。

すると、本格的に興味をひかれたのかウィルフレッドがペンを置いた。

「なるほど。ジョシュの話通り君はなかなかに変わっているようだね」

一体、王子にどんな説明をしたのだろうか。

私は軽くジョシュアのことを睨んだ。これで政務官の道が閉ざされたらどうしてくれる。

なんで睨まれたかわからないのか、ジョシュアは怪訝そうな顔をしている。

「ああ、誤解しないでくれ。ジョシュは君のことを褒めていたよ。なかなか見込みがあると」

どうやら悪口を吹き込んだわけではなく、むしろ褒めてくれていたらしい。

「そ、そうなのですか……」

「ウィル！」

私は意外に思った。

そりゃあ先日のエミリア生徒会室襲撃事件で誤解が解けたとはいえ、まだまだ親しいというにはほど遠い間柄だ。

むしろ、エミリアの暴走によりなりゆきで生徒会役員になったため、彼は私を疎《うと》ましく思っているだろうとすら感じていた。

ウィルフレッドに非難の声をあげたジョシュアは、気まずげに片手で顔を覆っている。

「私も驚いた。あれほど生徒会に人を入れることを拒んでいたジョシュアが、君ならと役員に推薦してきたんだから」

これにはさすがの私も驚き、顔を覆ったままのジョシュアを思わず見上げてしまった。

てっきり私が役員になったのはエミリアの暴走だとばかり思っていたのだが、裏ではジョシュアが私を推薦してくれていたらしいのだ。

（し、信じられない……）

私は何とも言えない気持ちになった。

アイリスに睨まれた時のことを思えば、生徒会役員になったのは決して喜べることではない。

けれど決して私を認めようとしなかったジョシュアが推薦してくれたのだと思うと、今まで頑張ってきたのが報われたようでどうしても顔がにやけてしまう。

「だらしのない顔をするな」

いつの間に顔を覆うのをやめたのか、ジョシュアが呆れた顔でこちらを見下ろしていた。

さすがゲームの中でもツンデレポジションなだけある。すさまじい変わり身の早さだ。

「申し訳ありません。もとからこのような顔ですので」

売り言葉に買い言葉でつい皮肉を言うと、ウィルフレッドが嬉しそうにくすくすと笑った。

「歓迎するよ、シャーロット。ようこそ生徒会へ」

王子のきらきらとした微笑みに、こんなはずじゃなかったと思いつつ私の顔はにやけたままだった。

◇　◇　◇

なんだかんだありつつ業務を続けていると、不意にドアをノックする音が響いた。

教師ですら遠慮してなかなか近づかない生徒会室だ。

なんでも以前、生徒会に入ることを希望した女生徒がたくさん集まって仕事にならなかったため、ジョシュアが怒鳴りつけて追い返したことがあるらしい。以来、この近辺には人が寄り付かなくなったと聞いた。

どうやら彼が怒鳴りつけた女子は私だけではないらしいと知り、若いのにストレスが多そうだと明後日《あさって》な方向に同情をしたりした。

「どうぞ」

「失礼します」

入ってきた人物を横目で確認して、私の心臓は止まりかけた。

なんと、そこに立っていたのはヒロインのアイリスだったのだ。

(ウィルフレッド王子に会いに来たの?)

生徒からの要望で彼女に対する意見が多数寄せられていると知っていたので、私は思わず緊張した。

どうにも彼女は、一筋縄ではいかないヒロインのようだ。

「今日は、ウィル様に用があってまいりました」

予想通り、アイリスの目当てはウィルフレッドのようだった。

それにしても、『ウィル様』の呼び方はゲームの中でもかなり親密度を深めていないとできない呼び方だった。

シナリオはもうそこまで進んでいるのかと、思わず書類を持つ手に力が入る。

「アイリス・ペラム。殿下に対する礼を失した呼び方はやめるよう、以前にも注意したはずだが」

するとここで、ピリリと辛みの利いた注意がジョシュアの口から飛び出した。

アイリスは臆することなく笑っている。

ウィルフレッドが間に入るかとも思ったが、彼は注意するでもなく困ったように笑ったまま黙り込んでいた。

特にアイリスをフォローするつもりはないようだ。

「生徒会のお仕事ご苦労様です。息抜きに私の作ったクッキーはいかがでしょう？　ウィル様のために焼きました」

呼び方を改める気がないらしいアイリスは、ピンク色の髪をふわりと揺らしてウィルフレッドに歩み寄る。

（いやいや、『ご苦労様です』って目下の人間に使う言葉だから。間違っても王太子殿下に向かって使う言葉じゃないし）

これから何が起こるのだろうとはらはらしていると、私の目はアイリスの手に吸い寄せられた。その手には、クッキーが入れられている可愛らしい袋が握られている。

（こ、これはもしかして、ウィルフレッドの好感度を上げるプレゼントイベントでは？　あのクッキーの袋見覚えがある……でも確か、このイベントって調理実習で作ったクッキーを、偶然玄関ポーチで遭遇した王子に渡すイベントじゃなかったっけ？）

なんで貴族の学校に調理実習のカリキュラムがあるのか、その辺をつっこんではいけない。

私だって激しく謎だったけれど、当時はゲームだからと深く考えなかったのだ。

まさかいつまでも玄関ポーチにやってこない王子にじれて、むこうが直接生徒会室にやってきただなんて、私は考えもしなかった。

（ただの偶然？　実習の日でもないのにアイリスがクッキーを、それも直接生徒会室に渡しに来るなんて……）

奇妙な齟齬《そご》に考え込んでいると、その間にジョシュアが立ち上がりウィルフレッドの机に向かうアイリスの前に立ちはだかっていた。

「残念だが、王宮の料理人が作ったものでなければ殿下に召し上がっていただくわけにはいかない。毒が入っている危険性があるからな」

ジョシュアがあまりにも直球でアイリスに疑いをかけるので、関係ないにもかかわらず私の方がはらはらした。

だが、アイリスはちっとも意に介さない。

「まあ、ジョシュア様嫉妬していらっしゃるの？　私がウィル様にだけクッキーを持ってきたから」

これには私も度肝を抜かれた。

今までアイリスとはあえて距離を取ってきたが、彼女がまさかこういう性格だとは思ってもみなかったのだ。

「何を言っているのかわからんな」

「もう、素直じゃないんだから。まあジョシュア様はツンデレだものね」

「ツンデレ？　なんだそれは」

会話をする気がないのかなんなのか、アイリスとジョシュアの会話は全くと言っていいほどかみ合っていない。

これにはさすがのジョシュアも戸惑っているのか、何とも言えない顔でアイリスを見下ろしている。

（それにしてもこの娘《こ》…）

ジョシュアにとっては意味不明な言葉でも、別の世界から転生した私にはなじみのある言葉だ。私だって何度も、彼に向かってそう評していたはずだ。勿論変に思われるからと、口にこそ出さなかったが。

なにせ『ツンデレ』という言葉は――この世界には存在しないはず。

「そんなに言うなら、このクッキーはあなたにあげるわ。ウィルフレッド様にはまた作ってまいりますね。それじゃあまた」

そう言って、やってきた時と同じく軽やかな足取りでアイリスは生徒会室から去っていった。

あとに残されたのは、クッキーを持ったまま憮然《ぶぜん》とした顔のジョシュアと、苦い笑いを張り付けたウィルフレッド。それに書類を持ったまま立ち尽くす私だけだった。

「あそこまで話が通じないと、いっそ見事だな」

そう言ったかと思うと、ジョシュアは受け取ったばかりのクッキーをすぐさまごみ箱に放り込んだ。

ガコッという本当にクッキーかと疑いたくなるような音がして、固いものが砕けた音が生徒会室の中に響く。

「ちょ、いくらなんでも捨てるなんて……」

私は慌ててごみ箱に駆け寄り、捨てられたばかりのクッキーを回収した。かわいらしいピンクのリボンがよれてしまって、なんとも憐れな風情を醸《かも》し出している。

言ってやってくれとばかりにウィルフレッドを見れば、自分あてのクッキーを捨てられたというのにその顔にはさっきと同じ表情が張り付いたままになっている。

その時ようやく私ははっとした。

あの階段から落ちた日、あの時もこの人は、アイリスに向けて同じ表情を浮かべてはいなかっただろうか？

少し困ったような、柔らかい笑みを。

やがて彼は、ようやく時が動き出したとばかりに笑みを解き、大きなため息をついた。

「彼女にかかるとジョシュアも形無しだなあ。まあ、わからなくもないが」

ウィルフレッドはその秀麗な顔を顰《ひそ》め、頭が痛いとばかりに首を傾けた。

「一体、男爵家ではどのような教育を行っているのでしょうか。再三注意の使者を送っておりますが、一向に改善の様子が見えません」

「ペラム男爵は大人しい方だからね。あの方自身、娘の教育には手を焼いているのかもしれないよ」

ウィルフレッドがなだめるように言う。

どうやらアイリスがウィルフレッドルートを進んでいるというのは私の完全なる思い込みだったようで、攻略対象キャラであるこの二人は話を聞かないアイリスにほとほと手を焼いているらしかった。

王子と公爵令息なら男爵家の令嬢などどうにでも処分できる気もするが、二人はさすがにそこまでするつもりはないらしい。

「それにしても、彼女はどうしてあそこまで自信ありげなのかな。一度理由を聞いてみたいものだね」

ウィルフレッドが思いついたように言うと、ジョシュアが断固拒否をした。

「殿下！　まさかあの生徒に興味を持たれたのですか⁉　どうかあの娘だけはおやめください。あれが王妃になったらと思うとぞっとします」

どうやら、アイリスとジョシュアはよほど馬が合わないらしい。

さっきのやり取りを見ていれば、それも仕方がないのかもしれないが。

「流石に飛躍しすぎだよ。自分の婚約者選びは慎重にしなければいけないことぐらいわかっているさ。なかなか結論が出なくて、君の家には申し訳ないと思っているがね」

ウィルフレッドが言っているのはエミリアのことだろう。

彼女は今でも、婚約者候補筆頭だ。いつまでも結論がでないので、彼女の父であるユースグラット公爵はやきもきしているかもしれない。

それにしても――と、私は手元の袋を見つめた。

今日だけで、色々とわかったことがある。むしろ没落ルートを回避するためずっと逃げていたから、今まで確信は持てずにいたが。

(やっぱりアイリスも私と同じ……転生者なんだ)

一体それはどういうことなのか。

考えようにも、上手く考えがまとまらない。頭は混乱していて、生徒会室に入ってからアイリスが発した言葉が何度もリフレインしている。

「集中が切れてしまったので、今日は帰りますね。お先に失礼します」

私は逃げるように、生徒会室を飛び出した。

ジョシュアに呼び止められたような気もしたが、気がせいていてそれどころではない。

手の中のクッキーが、ずっしりと重く感じられる。

私はそのまま、夢中でアイリスの後を追った。

彼女に聞きたいことが、私には山ほどあった。

◆ ◆ ◆

「まって！」

廊下を歩くアイリスの背中を見つけ、私は叫んだ。

お淑やかじゃないとか、礼儀にかなっていないとか、そんなことはどうでもよかった。

今はただアイリスを呼び止めること。そして彼女と話すことしか、頭になかった。

足を止めた華奢《きゃしゃ》な背中が、ゆっくりと振り返る。

「なにかしら？」

ピンク色の髪をした少女は、先ほどとは違う大人びた笑みを湛えていた。

彼女の目の前に立って、はあはあと肩で息をする。

追いつけた安堵《あんど》と、まず何を言うべきかということで私の頭は真っ白になった。

そんな私のことを、彼女は余裕の笑みで見つめている。

まるで――私が追いかけてくると知っていたかのように。

「あな……たも」

ようやく息が整い、私は彼女をまっすぐに見つめた。

どんな小さな仕草も、見逃してしまわないように。

「日本から、きたの？」

この言い方が、正しいかどうかはわからなかった。

でも『ツンデレ』という単語は日本独自のものだと思うし、外見はこの世界でしかありえない姿なのだから転生者だというのが私の考えだ。

言い終えた瞬間、一瞬のうちに脳裏にはたくさんのシミュレーションが展開された。

彼女が日本という国を知らない場合。あるいは知っていても、『星の迷い子』はプレイしていない場合。

同郷だと喜んでくれたらいいが、さっきの様子を見ると私に敵対心を抱く可能性もある。

一体どんな反応を示すだろうかと注意深く観察していたが、彼女の興味は全く別のところにあった。

「その袋」

「え？」

アイリスに指摘されて、私は自分の手元を見た。

そこには、さきほどごみ箱から救出したばかりの、クッキーの袋が握られている。

「どういうこと？　なんであなたが持ってるの？」

笑いながら、彼女は言った。

その笑みは、生徒会室で見せたそれと同じ、自分の優位は絶対に揺るがないのだという自信を秘めたものだった。

「あっ……こ、これは……」

咄嗟に、クッキーを持ったまま彼女を追ってきてしまったことを私は悔いた。

これではまるで、彼女にクッキーを突っ返しに来たようではないか。

どう言い訳しようか悩んでいると、アイリスはわざとらしくため息をついた。

「まったく、いやになっちゃう」

言葉とは裏腹に、彼女は含み笑いをやめようとはしなかった。

「ジョシュアが直接返しに来てくれればよかったのに」

彼女の新緑色の目が、余計なことをと雄弁に語っている。

「それにしても、あなた」

くりくりとした小動物じみた目が、まるで値踏みするように私の全身を見回した。

そしてくすりと、小さな嘲笑《ちょうしょう》。

「やっぱりあなたも日本の人だったんだぁ。道理でおかしいと思った。その顔でライバルキャラとか、笑えるもの」

彼女の言葉は、隠そうともしない毒によって埋め尽くされていた。

まるで虫でも見るような、自分の優位を欠片《かけら》も疑っていない眼差し。

「ゲームの知識を使って、モブのくせに生徒会役員？　はっ！　それで主人公たる私に成り代われるとでも？」

彼女はどうやら、私がウィルフレッドやジョシュアに近づくために生徒会に入ったと勘違いしているようだった。

「違う！　私はそんなつもりじゃ……」

私の目的は、ゲームから離れることにあった。

ゲームでは名前すら出てこないモブなのに、悪役令嬢の巻き添えで没落エンドなんてまっぴらごめんで、だから自分で人生を切り開こうとした。

生徒会に入るつもりなんてこれっぽっちもなかったし、アイリスの邪魔をする気だってまったくなかった。


そう——今日までは。

「惨《みじ》めね。たまらなく惨め。そんなに地味な顔で、名前もないモブのくせに、私《アイリス》になれるわけないじゃない。どうしてわからないの？」

彼女は可愛らしく小首をかしげて、言った。

「ここは私のための世界なの。王妃の地位も、いい男も、全部私のもの。あんたに分けてあげられるものなんて何一つないんだから、さっさと舞台から消えてよ」

話せばわかるのではないか――。

私の淡い期待は霧散した。

彼女に話せば労せずして没落を回避できるかもなんて、儚い夢だった。

「そんな……」

「はあ、いやになっちゃう。モブなんかと話して時間を無駄にしちゃった」

そう言って、彼女はサヨナラも言わず私に背を向けた。

その背中を見ながら、呆然と立ち尽くす。

湧き上がってくる感情を、どう表現していいのかわからなかった。

これは怒りなのか呆れなのか、それとも悲しみなのか。

気づくと、涙が出ていた。

でもそれは彼女に対する怒りからの涙でも、罵倒《ばとう》された悔しさの涙でもなかった。

「ジョシュアたちは、ものなんかじゃない……」

今まで私は、エミリアもジョシュアもウィルフレッドも、関わるべきではないゲームのキャラクターだと思っていた。

でも同じ転生者であるアイリスと話をして、猛烈に感じたのは彼女の言葉に対する反発だ。

自分を変えようとしているエミリアも、生徒会を一人でどうにかしようと躍起になっているジョシュアも、キャラクターなんかじゃない。そこに生きている一人の人間だ。

そう思ったら、涙が出てきた。

自分も最初はただのキャラクターだと思っていた事実が、どうしようもなく情けなく感じる。

「ぜったい、許さない」

私はこの時、決意した。

アイリスには、何一つあげはしないと。

彼女のような人に、この世界を思い通りにされるなんてまっぴらだと。

たとえ彼女に取り入って没落を免れたところで、アイリスが王妃となった国で政務官として働くことなんてできない。

自分以外人間だと思わないような人に、仕えるなんてまっぴらだ。

「あんたがそういう態度なら、こっちだってやり方を変えさせてもらう」

乱暴な感情が爆発的にあふれ出し、どうにも止めようがなかった。

あの女の好きにさせてたまるか。その思いが私を突き動かしていた。

手の中で、クッキーの袋がクシャリと音を立てる。

今までずっと没落しないための防御に徹していた私が、攻撃に転じた瞬間だった。

「なんだ？」

「さあ？」

突然帰宅を宣言したシャーロットに、残された二人は顔を見合わせていた。

「あいつ……まさかあのクッキーを返しに行ったんじゃないだろうな？」

苦々しく言うジョシュアに、王子がくすくすと笑う。

「心配なら、追いかけたらどうだい？」

「冗談じゃない。なんで俺が」

公的な場では家臣としての立場を決して逸脱することのないジョシュアも、この王立学校の中ではウィルフレッドに対して気安い態度をとることが多い。

子供の頃から続いている愛称呼びも、学校の中だけのこと。

あともう少しして卒業すれば、永遠にその名で呼ぶこともなくなる。

ウィルフレッドは王太子として、ジョシュアは次期公爵として、それぞれに近くても決して交わることのない道を歩き始める。

「あの子と関わるようになって、ジョシュは少し変わったよね」

机に戻りながら、ウィルフレッドは何気ない調子で言った。

「人見知りだからな～、ジョシュは。俺以外にあんなに気兼ねなく話しているお前を、俺は初めて見たけど？」

言われた当人はといえば、自らも席に戻りながらとてつもなく嫌そうな顔をした。

「気兼ねなくじゃない。ただ気にする必要がないだけだ」

「へえ。それって違うの？」

「全く違う！　家格的にも性格的にも、陰謀を疑う必要がないというだけだ。ルインスキー伯爵にそんな器はないからな」

ジョシュアがぶっきらぼうに言い返すと、ウィルフレッドは驚いたように目を見開いた。

「じゃあ、彼女なら警戒しなくていいってこと？　慎重な君がそんなことを言うなんて、それこそ驚きだけどね」

すぐさま言い返そうとしたジョシュアだったが、何を言っても無駄だと悟ったのか黙ったまま書類を片付け始めた。

王子の言葉を無視するなど大層な不敬だが、この学校の中では所詮《しょせん》一生徒同士の他愛もないやり取りに過ぎない。

そのまましばらく、カリカリとペンを走らせる音が響いた。

人のいない校舎は静かで、こんな時間も残り少ないのかとウィルフレッドは妙にアンニュイな気持ちになる。

入学した時はどうして王太子の自分が、という気持ちを隠し切れなかったが、学校で過ごす時間が増えるほど、やがてその時間がかけがえのないものになっていった。

ジョシュア以外に、友と呼べるものができた。これは彼にとって大きな変化だ。

即位の前にこの時間を与えてくれたのは、むしろ父の慈悲だったのではないかと今では思う。

王というのはそれほどまでに苛烈で、孤独な職業だから。

孤独ならば早く妃を娶《めと》ればいいという者もいるが、その妃の人選一つとってしても、世界情勢と国内の力関係を鑑みて、適切な相手を選び出さねばならない。

そこに、ウィルフレッドの希望など介在する余地はないのだ。

そんな王太子だからこそ、友《ジョシュア》にはせめて自分の好んだ女性と結婚してほしいと願っている。

公爵の息子ではそれも難しいのかもしれないが、もし彼が願うなら全力でバックアップするつもりだ。

（それにしても、シャーロット・ルインスキーね。ついこの間までは、特出したところのない令嬢だったと記憶しているが――一体何があったんだ？）

ウィルフレッドが物思いに耽《ふけ》て手元をおろそかにしていると、まるでタイミングを計ったようにドアがノックされた。

今日は来客の多い日だ。

入ってくるよう促すと、驚いたことにやってきたのは先ほど帰ったはずの少女だった。

「も、申し訳ありません。忘れ物をしました」

ひどく暗い顔でぼそぼそと話す、シャーロットの目元が真っ赤に腫れている。

ウィルフレッドがそのことを指摘する前に、ジョシュアが彼女に駆け寄った。

「一体どうした！　あの女に何か言われたのか⁉」

（これで『気にする必要がないだけ』とか、どの口で言ってるんだろうね？　本当に自覚がないんだとすれば、それはそれで危うい気がするけど）

自分が会話に加わるのは野暮《やぼ》だと思い、ウィルフレッドは黙って二人の様子を見守った。

背の高いジョシュアが、年下のシャーロットに駆け寄り落ち着かなさげにしている様は、どこか犯罪めいてすら見える。

一方でシャーロットはひどく落ち着いた様子で、手に持っていたクッキーの袋を静かに差し出した。

「これを。私が処分するのは違うと思いますので」

想像もしていない申し出だったのか、ジョシュアは虚を突かれたように黙り込んでいる。

顔をあげたシャーロットの目は完全に据わっていて、少なくともひどいことを言われて泣いた少女の目にしては、宿る光が強すぎた。

「ウィルフレッド様！」

「な、なんだ?」

全く我関せずの態度を貫いていたウィルフレッドは、突然名を呼ばれ驚いた。

動揺しながらも返事をすると、なぜか怒りを感じさせる笑みを浮かべ、シャーロットがこちらを見ている。

「わたくし、決めました。エミリア様をウィルフレッド様の妃として相応しい女性に鍛え上げてみせます！　どうか首を洗って待っていてくださいね！」

「突然何を言い出すんだお前は！」

これに目を剥いたのは、言われたウィルフレッドよりもむしろエミリアの兄であるジョシュアの方だった。

「殿下の妃は殿下ご自身がお決めになることで、伯爵令嬢のお前が指図するようなことでは――」

シャーロットを窘《たしな》めようとしたジョシュアだが、彼女の強い視線に圧《お》され言葉を飲み込んでいる。

ジョシュアのこんな様子を見たのは、それこそ初めてだ。

唖然とした思いで、ウィルフレッドは目の前の少女を見つめた。

「指図なんてしておりません。わたくしはただ、エミリア様を未来の王妃として相応しいようお鍛え申し上げるだけですから。そう、あんな礼を失した男爵家の娘なんて、目じゃありませんわ！」

シャーロットの言葉からして、アイリスとの間に何かあったであろうことは明白だった。

それがどういったやりとりで、なおかつそれによってどうしてシャーロットに火がついてしまったのかは皆目《かいもく》不明だった。

ただ、目の前では鬼気迫る勢いでエミリア教育計画を立てているシャーロットを、ジョシュアがどうにか落ち着かせようと奮闘している。

（どうやら俺の学園生活は、このまま大人しく終わってはくれないようだ）

それを見ていたらなんだか妙におかしくなってきて、ウィルフレッドはつい声に出して笑ってしまったのだった。

友人であり忠実な家臣でもあるジョシュアが、今だけは恨みがましそうにこちらを見ている。

◆　◆　◆

最近の自分はおかしい。

ジョシュアはそのことを嫌というほど自覚していた。

なにせ、あれほど忌々しく思っていたルインスキー伯爵の娘を憎からず思う自分がいるのだ――ここでの憎からずの意味は、言葉通りあくまで憎くはないという意味だ。決して、恋愛的な好意を持っているというわけではない――。

ジョシュアはそう自分に言い聞かせた。

当たり前のことをわざわざ自分に言い聞かせるなんておかしな話だが、友人であり敬愛するウィルフレッドにからかわれてから、どうも彼女のことが気にかかって仕方ないのである。

アイリスのクッキーを持って戻ってきたシャーロットは、突然ジョシュアの妹であるエミリアをウィルフレッドに相応しい女性に鍛え上げると宣言した。

本来であれば王太子であるウィルフレッドにそんな宣言をするなんて、不敬以外の何物でもない。更に言えば公爵令嬢であるエミリアを侮辱しているようにも受け取れる。

以前のジョシュアであれば、間違いなくシャーロットに対して激怒していたことだろう。

だが、生徒会での業務を手伝ってもらい、彼女がそれまで彼の周りにいたような女性たちとは違う、有能で真面目な生徒だとわかってからは、どうにも心のガードが緩《ゆる》んでいたらしい。

当然驚いたものの、彼女を怒る気にはなれなかった。

むしろ、これまで我儘放題でどうしようもなかったエミリアが、シャーロットの影響を受けて勉学にやる気を出しているのだ。

これまで妹の無茶を野放しにしていた兄としては、どうぞよろしく頼むと頭を下げるべきかもしれないとすら思ってしまった。

エミリアも、幼い頃はあそこまで横暴ではなかったのだ。

だがなんでも思い通りになることが、彼女を暴走させてしまった。幼い頃からウィルフレッドの側近候補として彼の近くに侍ることの多かったジョシュアが気づいた頃には、とっくに手遅れになっていたのだ。

階段から落ちたシャーロットを叱責した時も、本当は妹のエミリアが命じたのではないかという疑いがちらりと頭を掠《かす》めていた。

けれどそれを無視してシャーロットに冷たい態度を取ったのは、彼女もまた公爵家の家名におもねる他の下位貴族と同じだろうと思ったからだ。

下位と呼ぶには伯爵の位は高すぎるかもしれないが、ジョシュアは彼女の父であるルインスキー伯爵をよく思っていなかった。

むしろ浅慮《せんぱく》で低俗な人間であると、軽蔑すらしていた。

その男の娘であるという認識もまた、ジョシュアの態度を頑《かたく》なにしていた。

ミセス・メルバの推薦で仕事を手伝ってもらうことになり、ようやくわかったほどなのだ。生徒会を手伝っているとは喧伝《けんでん》しない彼女の慎ましさや、こちらが言わずとも先を読んで仕事に取り組む有能さを。

それを知って、ジョシュアは反省した。今まであまりにも頑なだった自らの態度を。

周囲の者を誰もかれも敵のように思っていた自分は、そうすることで将来ウィルフレッドに仕えるであろう有能な者たちを遠ざけていたのだと気が付いたのだ。

本来であれば、気付かせてくれた彼女に感謝して、以前の失礼な態度を謝罪しもっと仕事が円滑になるよう気の置けない関係になれればと思う。

だが彼女は女で、自分は男だ。

ましてジョシュアはウィルフレッドの側近で、次期公爵の座が約束された男である。未婚の若い女性と親しくしていれば、それがどんな関係であれ周囲からの詮索《せんさく》は免れないだろう。

いっそ男同士であればと、何度思ったかわからない。

そのせいでジョシュアは未だにシャーロットに謝罪することも、態度を軟化させることもできずにいるのだ。

性別の違いが状況を複雑にしているのだと、ジョシュアはため息をついて眉間に皺を寄せた。

◆ ◆ ◆

翌日から、エミリアの王妃養成特別プログラムが始まった。

と言っても私だって王妃に何が必要かはよくわかっていないので、ミセス・メルバの助言を大いに受け入れてのプログラムである。

普段の授業に加えて、放課後はみっちり予習復習。そして立ち居振る舞いの矯正だ。

前世で受けた入社時の新人教育洗脳合宿を思い出し、毎日授業の最後にはかならず取り巻きも含めて全員でテストを行った。

このテストを全員がクリアしないと、次のカリキュラムに移ることができない。

自然と各員にとんでもないプレッシャーがかかり、授業に遅れていたエミリアとその取り巻きたちは、とんでもない勢いで成績を取り戻していった。

「な、なにもこんなに必死にならなくても……」

「あら？　やめるとおっしゃるのでしたらいつでもどうぞ。ウィルフレッド様が他の誰かと結婚してもよろしいのでしたらの話ですが」

最近なぜか心を入れ替えたエミリアであったが、この過酷なカリキュラムにはさすがに音をあげた。

だが、王太子の名前を出すと覿面《てきめん》に黙る。

そして熱心に打ち込むようになるのだから、よほどウィルフレッド王子が好きなのだろう。

まあ、エミリアに限らずウィルフレッド王子に憧れている貴族令嬢は多い。穏やかな性格で次期国王が内定しており、その上あのご面相なのだから無理からぬ話ではあるが。

けれど、だからといって私に命じて後をつけさせるなんてやりすぎだとは思うが。

彼女の取り巻きの面々も、どうして自分がこんなことをという顔をしながら意外にも特別プログラムについてきた。

私と同じように家からエミリアに追従するよう命令を受けているのだろうが、それでもこれについてくるとはなかなかに気概のある人たちだ。

もちろん私自身、以前にも増して学業に力が入る。

エミリアが躓《つまず》いているところを教え、彼女の能力値の底上げを図るためだ。

(アイリスを、王妃になんてしちゃいけない。あの人は、この国の人たちをゲームのキャラクターとしか見ていない)

人を人として見ていない人間が、国の中枢近くに立つなんて悲劇以外の何物でもない。

だいたい、ゲームは攻略対象キャラたちと結ばれることでエンディングを迎える。

それ以降の日々を、一体彼女はどうやって生きていくつもりなのか。

私はアイリスと相対した時のことを思い出し、ぞくりと背中が粟立《あわだ》った。

自分がこの世界の主役だと疑いもしないその傲慢《ごうまん》さ。何もかもが自分の思い通りになるのだと考える幼稚さ。

もし前世で出会っていたら、きっとできるだけ関わらないよう距離を取った部類の人間だ。

けれどここまできてしまったら、もはや逃げることもかなわないだろう。彼女は私を転生者として認識している。そしてその知識を使って、アイリスに成り代わり生徒会に入ったのだと。

そもそもゲームのシナリオでは、どのルートでもアイリスとウィルフレッドが同時に生徒会役員になることはない。彼女が役員になるのは、ウィルフレッドに指名され彼が卒業した後の話だ。

だから私が役員になってしまったのは完全なる偶然とエミリアの暴走なのだが、そんなこと説明したところでアイリスが納得するとは思えなかった。

(あの時彼女は、確かに『成り代わって』という言葉を使った……)

いくらゲームの記憶があろうと、その記憶だけで生徒会役員になれないことは私が一番よく知っている。

偶然の成り行きでここまできたが、努力はちゃんとしたという自負があるからだ。

大体、ウィルフレッドルートにおいて次期生徒会長に指名される展開も、彼と親密度を十分に上げていないとおこらないイベントだ。

私はウィルフレッドと言葉を交わしたのだってこの間が初めてだし、親密度なんてゼロに限りなく近いか、ともすればマイナスなことだってありえる。

そんな考察に耽っていると、突然背筋を長い物差しでぴしりと打ち据えられた。その衝撃で、頭に乗せていた分厚い本を落としてしまう。

「こんな状態で考え事とは、随分と余裕ですね？　シャーロット」

物差しをしならせながら、不敵に笑ったのはミセス・メルバだ。

今は礼儀作法の特別授業の最中で、私は本を頭に乗せてまっすぐ歩く姿勢矯正の最中だった。

「も、申し訳ありませんミセス・メルバ」

慌てて謝罪すると、彼女はいつもの不愛想な顔ににっこりと笑みを浮かべた。

「いいのですよ、シャーロット。そんな余裕があるなら、あなたにはもっと厳しい課題を与えても大丈夫なようですね」

有無を言わさぬ迫力に、思わず乾いた笑いが漏れる。

私が王妃になるわけでもないのに、指導に一切手を抜かないミセス・メルバには感謝している。

感謝している――が、そのモチベーションは一体どこからくるのだろう。

聞いてみたいような、そうでもないような。

とにかく私は、さらなるお叱りを受けないようしっかりと気を引き締めた。

◇ ◇ ◇

物心ついた時から、大抵のことが思い通りになった。

欲しいものは惜しみなく与えられ、両親から叱られたことなど一度もない。

けれど、少し大きくなれば嫌でも思い知らされる。私が一度も叱られたことがないのは、愛されているからではなく誰も私に興味がないからなのだと。

貴族の殆《ほとん》どがそうであるように、私は乳母の手で育てられた。私を囲む使用人たちは、雇い主の子供である私の歓心を買おうと、こぞって私を甘やかした。まるで蜜掛けの果実のように、時折息苦しくすら感じられるほどに。

私はいつからか、大人たちの愛情を測ろうと我儘ばかり言うようになった。新しいドレスが欲しい、礼儀作法のお勉強なんてしたくない。あの使用人は目障りだからクビにして。

私の望みは、ほとんどすべて叶えられた。両親に関心を持ってもらいたいという、たった一つの願いを除いて。

だから躍起になって我儘を言い続けるうちに、いつしかそれが私の顔にべったりと張り付いて剥がれない仮面となった。

今ならばわかる。お兄様はそんな私に呆れて——諦めて、何も言ってこなかったのだと。

お兄様の興味の先にあるのはウィルフレッド殿下だけ。

私がウィルフレッド殿下の妻になりたがったのも、元をただせば兄の関心を得たいというあさましい思いが根本にあった気がする。

次期国王が確定しているウィルフレッド殿下。あの方の妻となれば、両親もきっと喜んでくれる。兄も私に関心を持たずにはいられなくなる。

だからこそ、私は必死になった。ウィルフレッド殿下の婚約者の座を得ようと必死になった。

けれど、そんなことをせずともシャーロットは兄に一目《いちもく》置かれている。

これといって特徴のない、物静かな娘。実家の爵位は伯爵で、多くの貴族令嬢がそうであるように私に逆らうことなどできなかった。

私は彼女の父である伯爵に、娘を好きなように使ってくれていいと言われていた。シャーロットも心得ているのか、何を命じられても諾々とそれを受け入れた。

けれどそんな彼女が、我が家の夜会で階段から転げ落ちてから、すっかり別人のようになってしまったのだ。

私の言いなりどころか、私の元に姿すら見せなくなった。一体何をしているのかと思えば、あの口うるさいミセス・メルバについて回って、教えを受けているという。

そして、彼女が全女生徒羨望《せんぼう》の的である、生徒会の仕事を手伝っていると知った時の驚き。

あの、私にすら関心を持たない兄が、シャーロットについて語る時は少しだけ表情を緩めるのだ。

信じられなかった。何かの間違いだと思った。

私は彼女が羨《うらや》ましくて、一体何が兄にそんな顔をさせるのか知りたくて、彼女と同じようにミセス・メルバの授業を受けるようになった。

するとどうだろう、周囲の態度が目に見えて変わってきたのだ。

ミセス・メルバは厳しくて以前の私ならすぐに投げ出していただろう。けれどシャーロットに、そしてウィルフレッド殿下の婚約者の座を脅《おびや》かすアイリスに負けたくないと続けている内に、今まで見えなかった色々なことが見えるようになった。

まるで霧が取り払われたみたいだ。

なにより、学校での評判を聞いた両親が、私を褒めてくれた。

どんなに求めても得られなかったものが与えられた驚き。

口にこそしないけれど、私はシャーロットに深く感謝した。


ろうそくに明かりを灯《とも》し、うつらうつらとしながら明日の予習に励む。

もうこんな生活を始めて、どれくらいになるだろうか。

階段から転がり落ちた時以来だから、もう三月《みつき》は経つはずだ。

ちなみにこの世界はゲームの世界なだけあって、暦《こよみ》も太陽暦が採用されている。どこの星だか知らないが自転も公転も地球のそれと同じで、暦も十二か月の三百六十五日だ。太陽は東から昇り西に沈む。生活様式は違っても根本的なことは日本と変わらないので、大きく取り乱すことなくこうしてやっていられるのかもしれない。

こちらでは歴史こそ違うものの、算術に関してはかなり日本での勉強が役に立っている。

文字については、前世の記憶が戻る前に学んでいたものを違和感なく用いることができている。たまに漢字や平仮名が恋しくなることもあるが、これぱっかりは仕方ない。

「お嬢様、そろそろお休みになられませんと明日に差しさわりますよ」

心配そうに温めたミルクを運んできてくれたのは、マチルダだった。

子供の頃から姉妹同然に育ったこのメイドは、大人しくて父親に疎まれることの多かったシャーロットのことをいつも気にかけてくれる。

それはそれでありがたいのだが、今ではすっかり様子の変わってしまった主人に、なにやら疑念を抱いているようである。

「大怪我をして以来、本当にシャーロット様はお変わりになられて……やはりなにかあったのですか？　このマチルダに話してください。なにかお力になれるかも……」

彼女が、誠意で申し出てくれていることはわかっている。

けれど前世の記憶に引きずられているとはいえこれが今の私の性格だし、正直にこの世界がゲームの世界だと気づいたなんて言ったたって余計に心配されるのがオチだ。

「ありがとうマチルダ。でも大丈夫。好きでやってることだから」

うーん好きでというか、アイリスに対する敵愾心《てきがいしん》ゆえというか。

最近はエミリアが真面目に学業に取り組むようになったことで、学校内での彼女の評判もどんどんいい方に傾いていているらしい。

私には友達がいないのでよくわからないが、一緒に特別授業を受けている取り巻きたちによると、前はエミリアを遠巻きにしていた令嬢なども、最近は話しかけてきたりするのだそうだ。

確かに現在絶賛自己改造中のエミリアは、外見こそそれほど変化はないが、立ち居振る舞いに品が出て物腰も柔らかくなった。

そうしていると本当に手本のごときご令嬢である。

根が素直で学んだことをぐんぐん吸収しているので、ミセス・メルバも感心していた。

仕方なく付き合わされていた取り巻きたちも、最近では特別授業の成果か、周囲の態度が変わってきたと喜んでいる。

中には格上の家柄から結婚の申し込みがあった娘もいて、この間本気の目で『一生ついていきます』と言われてしまった。

いや、この間まであなたたち私をハブろうとしてたじゃないかと、指摘するのはさすがにやめておいた。

不良生徒たちが更生して教師たちも喜んでいるのだし、こんなところであえて水を差すことはない。

それに本当だったら一緒に没落ルートをたどっているはずだった取り巻きたちが、幸せになれそうならそれは願ってもないことだ。

彼女たちと同じように、私も自活の道という幸せを掴みたいところである。

結婚は――望み薄だな。なにせモブ全開の顔立ちだし、貧乏伯爵家だし。

いや、爵位を欲しがっている豪商だったらまだワンチャン？　しかし伝手がない。絶望的なほどに。

それに、結婚して没落ルートを逃れたとしても、今度は相手の男性に苦労させせられそうな気がする。

前世でも独身貴族を謳歌《おうか》していたので、やっぱり私には独立の方が性に合っていそうだ。

というかそのために女性のやっかみを買いつつ生徒会役員などしているのだから、直截に言うと見返りが欲しい！

実際エミリアと和解した後でも小さな嫌がらせなどは受けていたりするので、見返りの一つも用意してもらえねば性に合わない。

ミセス・メルバに、もう一度念押ししておこうと私は決めた。

補佐から役員になったことで、卒業後の口利きをしてもらうという約束がふいにされては大変だ。

彼女は約束を破るような人ではないが、なんだか最近、妙な横やりを感じるのだ。

気のせいかも知れないが、最近とみに嫁入りに対する心得のような授業が増えている。エミリアの王妃教育に付き合っているのだから当然かもしれないが、それにしては宿題として出されたこの『上位貴族の家に嫁入りしたら～女主人としての心得～』は妙に限定的な内容じゃなかろうか。

『横やりを入れてくる親族との付き合い方』の項など、随分実践的である。

学校で習うような内容じゃないだろうと思いつつ、野次馬的好奇心でついつい読み進めてしまうのだった。

(それにしても、どうして例題が『公爵家に嫁いだ場合』で設定されてるのかな？　それこそ、エミリアには不要な知識なのでは……)

例の取り巻きの一人が求婚を受けた上位貴族というのも確か侯爵子息だったはずだし、私は首をかしげつつその課題を終わらせた。

勉強と生徒会役員の仕事に一日精を出し、ベッドに入る瞬間の幸福感は言葉では言い表せない。

こうして私は、翌日とんでもないことが起こるなど予想だにせず、いつものように安らかな眠りについたのだった。

第四章　訳アリ？　隣国の王女様

「いいですか皆さん」

「シャーロット・ルインスキーは、エミリア様に取り入ってジョシュア様と親交を深めているのですわ。ルインスキー伯爵家の家格からいって、こんなこと許されるかしら？」

砂糖菓子のように甘い声は、まるで耳に流し込まれる毒のようだ。

ごくりと息を呑んで耳を傾けている少女たちは、声の主を憎く思っているにもかかわらず、否定の声をあげることができない。

なぜなら誰もが、心の奥底ではその声に同意しているから。

ついこの間までパッとしなかった少女が、どうして急に生徒会役員になどなれるというのか。

その役目は彼女らが血眼《ちまなこ》になって奪い合い、ついには取り上げられた羽根のついた玩具だった。

お行儀がよくて愛らしい、手入れの行き届いた子猫たち。

誰もが家のためによりよい結婚をするよう、小さな頃から言い聞かせられて育つ。

「皆さんはわたくしがすべて悪いようにおっしゃいますけど、はたしてそうかしら？」

「彼女の方が、よほど罪深いのではなくて？　あのエミリア様があれほど態度を変えてしまうのですもの。なにか尋常ならざる方法を使っているに違いありませんわ」

「……どういう意味かしら？」

ついに問い返してしまったのは、特に目立つ青い髪をした長身の少女だった。

冴え冴えとした美貌はまるで雪の女王のようだ。外見、家格共にエミリアと双璧《そうへき》をなす彼女は、ふわふわの砂糖菓子じみた少女を突き刺すように見つめた。

「ごめんなさい。方法はわたくしにもわかりませんの。シャーロット嬢に、直接お聞きになってくださいな」

そう言って、アイリスはまるで聖女のごとき微笑みを湛えた。


「シャーロット・ルインスキーですね」

翌日登校すると、以前エミリアが行っていたように大量の女生徒が私を待ち構えていた。

その中心にいるのは、ジョシュアより明るい青の色彩を持つ女生徒だ。

私は彼女に見覚えがあった。それは彼女が顔見知りだからではなく、ゲームに出てきた名前を持つキャラクターだからだ。

――セリーヌ・シモンズ。

社会勉強の名目で王立学校に通っている、隣国の王女だ。小国である隣国が、ウィルフレッドと娘を縁づかせようと送り込んできた美しきエミリアのライバルである。

だが彼女は、名前を持つキャラではあってもライバルキャラというわけではない。

彼女――いいや彼は実は攻略対象キャラなのである。

権力闘争に巻き込まれるのを恐れた彼の母親は、娘と偽って彼を育てた。やがて彼は他の王女たちよりも美しく成長してしまい、父親に命じられるがままこの国にやってきた、ある意味不幸な身の上である。

(いやー、初めて間近で見たけど、本当に男？　肌のきめが細かすぎてシルクみたいですけど。ニキビの一つも見当たらない……！)

私は状況を度外視して、ついついセリーヌを凝視してしまった。

正しくは現実逃避していたともいう。だって、一応エミリアと親しいということになっている私に彼女が話しかけてくるなんて、面倒な予感しかしないからだ。

彼女とエミリアは、対外的に見ればウィルフレッド王子をめぐるライバルということになっている。

更に言うなら彼女の後ろに集まっているのは、隣国と深いつながりを持つ貴族たちだ。

また校舎裏へ呼び出しかと思ったら、なんだか気が遠くなった。

(私の何が気に食わなかったんだろう？　セリーヌ様に睨まれるようなことしたっけ？)

いつも冷静沈着で、色彩ともどもユーザーから様付けで呼ばれていたセリーヌである。

ゲームシナリオだと、主人公が偶然セリーヌが着替えているところに居合わせてしまい、秘密を共有するところからどんどん親しくなっていくという設定だ。

アイリスはキャラクターを全員攻略するつもりのようだったが、フルコンプはしていないようだったので彼の秘密を知っているかどうかは今一つ予測がつかない。

「ええと、皆さんは一体……？」

とりあえず当たり障りのない返事をしてみたが、彼女たちの鋭い視線は一向に止む気配がない。

「一体どのような手をお使いになったのですか？」

「へ？」

「あなたのような方が生徒会役員に相応しいとは思えません。だというのにエミリア様はそれを黙認なさっている。信じられませんわ」

「あなたがエミリア様を含む少数の女生徒を集めて、怪しげな集まりをしているともっぱらの噂ですのよ」

セリーヌの後ろにいる女生徒たちが、口々に言う。

それにしても怪しげとはひどい誤解だ。

私たちはまっとうに勉学に励んでいるだけだというのに。

まあ、まっとうというには多少スパルタ気味である感は否《いな》めないが。

「そんなに言うなら、一度見にいらっしゃいますか？」

口で説明するより、直接説明する方が早いだろう。

私の申し出に、周囲を取り囲んでいた生徒たちはざわめいた。

「見せてもわたくしたちにはなにもできないと……？」

「よほど自信があるようね」

「その秘術さえあればわたくしも、上位貴族との結婚がっ」

そのざわめきに耳を傾けていると、どうやら彼女たちも一枚岩というわけではないらしい。

あんまり期待されると、逆にがっかりさせてしまうかもと思い申し訳ない気持ちになる。

「でもあの、そんな大したことをしているわけじゃ……」

「あら、やっぱり隠すおつもりですの？」

「ずるいですわ！　自分たちだけ勝ち逃げするつもりですのね！」

期待値を下げておこうと思ったのだが、敵意をあおるだけになってしまった。

どうもこの国の貴族たちには暴走癖があるようだ。勿論エミリアもしかり。

その時、ずっと黙り込んでいたセリーヌがおもむろに口を開いた。

「では下手な小細工ができぬよう、本日お邪魔してもよろしいかしら？」

その艶っぽい笑みに、本当に彼は男子生徒なのかと疑いたくなる。

攻略対象キャラなのだから美形なのはわかるとして、年齢的に女装が厳しくなりそうなものだがちっとも不自然なところがない。

「ど、どうぞ」

その迫力に押されて、思わず同意してしまった。

それにしても、埋没しようと努力すればするほど、面倒ごとに巻き込まれてしまうのはなぜなのか。

とにかく、授業に出席するため私は彼女たちと分かれ教室へと急いだのだった。


授業を終えた後、いつもの補習にはたくさんの女生徒が詰めかけた。

事前に言ってあったので大きな混乱はなかったが、それでもいい気持ちではないのか、エミリアは不機嫌そうだ。

「全く暇な人たちね。こんなところに押しかける暇があるのなら、自分を磨けばよいのだわ」

そう言うエミリアは、己のかつての所業など綺麗さっぱり忘れてしまったらしい。

私としては、そのあまりの変わり身の早さに苦笑する他ない。

エミリアとセリーヌが睨み合い、部屋の中には気まずい空気が流れた。

まさに、校内女子二大勢力の正面対決。

セリーヌをここに招いたのは失敗だったかもしれないと思い始めた時、部屋の中にミセス・メルバが入ってきた。

「あら、今日の受講生は随分と数が多いのね」

あらかじめ知らせてあったにもかかわらず、わざわざそう言うのは注目を自分に集中させるためだろう。

「ミセス・メルバ。あなたまでエミリアたちに加担を」

鋭い口調で、セリーヌがミセス・メルバに食って掛かった。

長身の彼女がそうすると大層威圧感があるが、ミセス・メルバは一向に気にする様子を見せない。

「まあセリーヌ。補習に参加するとはいい心がけだわ。あなたには一度、きっちり令嬢としての基本姿勢を叩き込まなければと思っていたの。淑女たるもの、そんなきびきび動いてはいけませんよ」

ミセス・メルバの慧眼《けいがん》に、私は息を呑んだ。当人であるセリーヌもまた、それは同様だったらしい。

そして詰めかけた女生徒全員が呆気にとられる中、ミセス・メルバは補習授業を開始した。

思えば一対一で始まったこの授業が、これほど大掛かりなものになってしまったことに気が遠くなる思いだ。

人数が多いということで、今日は一人一人前に出て基本姿勢に対する注意点をミセス・メルバが指摘していくという一方的な授業となった。

セリーヌとエミリアは、流石というか気品と存在感がずば抜けている。

幼い頃から叩き込まれた所作は私から見ればお手本通りだと思うのだが、セリーヌは姿勢はいいが動きが大ぶりすぎると注意を受けていたし、エミリアも自己アピールはいいがもっと慎みを覚えるようにとお小言をもらっていた。

もっとも、彼女たち以外はもっと遠慮なく多くの問題点を指摘されていたわけだが。

改めて、女生徒全員のバックボーンや普段の立ち居振る舞いが頭に入っているミセス・メルバの記憶力には舌を巻く。

ちなみに私も、例外なく彼女からの指導を受けた。

最初から厳しい指導をお願いしている身なので、その指摘はむしろ他の女生徒に対するそれよりも多かったほどだ。

最初、どうせ私は優遇されて手心が加えられるのだろうと思って見ていたらしいセリーヌたちは、私の番が終わる頃には自分が叱られたわけでもないのに真っ青になっていた。

良くも悪くも彼女たちは貴族のご令嬢なので、あまり声を荒げるような場面に慣れていないのである。

私がミセス・メルバにガミガミ叱られているのを見て、卒倒しそうな顔になっていた。

どうやらミセス・メルバは、両陣営の毒気を抜くためにことさら私に厳しい指導をしているようだ。

夕刻の鐘が鳴り、授業が終わる頃になると、生徒たちは気疲れによるものか疲弊している者が多かった。

「疲れたわ。馬車を回して」

「ふん、覚えていなさい」

エミリアとセリーヌがそれぞれに、取り巻きを連れて教室を出ていく。

「シャーロット。あなたは残って」

ミセス・メルバに言われ、私は足を止めた。

やっぱり、突然授業がこの人数になったのはまずかったのかもしれない。

人の流れに逆らって彼女の元に戻ると、すれ違う女生徒たちから向けられる同情と憐憫《れんびん》の視線が目についた。

彼女たちの顔からは最初にあったはずの毒気はすっかり抜けており、もう私に難癖をつけてくるような人は一人もいなかった。

むしろ自分もまきこまれては堪《たま》らないとばかりに、足早に教室から出ていく。

二人だけになると、あれほど狭苦しく感じられた部屋の中が広々として感じられた。

私はミセス・メルバの目の前まで歩み寄ると、先手を取ってまずは謝罪をした。

「突然、生徒が増えてしまって申し訳ありませんでした。あやしげな集まりをしていると疑いをかけられまして、直接何をしているか見てもらう方が早いだろうと思いまして。ミセス・メルバやエミリア様の不利益になってはいけませんから」

我ながら、ずるい言い訳だ。

だって言い方を変えれば、自分につけられた難癖の解決をミセス・メルバに放り投げたも同じなのだから。

だが、彼女はため息一つで私を許した。

「仕方のない生徒ですね。まあ、あなたの言い分はもっともなので大目に見ますよ。それに、何がきっかけであれ、生徒がやる気になってくれるのはいいことだわ」

久しぶりのミセス・メルバの笑みを見て、私はつくづくこの人には敵わないと思った。

「あなたのような方が、この学校で講師をなさっているのは僥倖《ぎょうこう》でした」

「いやね。お世辞を言っても何も出ないわよ」

「本心ですよ」

そうして、私たちは共犯者の笑みを浮かべて別れた。

まだ日暮れまでは時間がある。

私は今から生徒会室に行って、いくつかの仕事を片付けてしまおうと思った。

◇ ◇ ◇

生徒会室ではいつものように、ジョシュアが仕事をしていた。

「遅くなって申し訳ありません」

「ああ」

慌ただしく部屋に入り、自分のために割り当てられた席に座る。

処理を待つ書類の束。

泣き言を言っている暇もないので、優先順位の高い順にどんどん片付けていく。

集中していると時間が経つのはあっという間だ。

書類が半分ぐらいに減ったあたりで、私は顔を上げた。残りの案件は重要度の低いものばかりだ。

猛烈なのどの渇きを自覚し、一息入れようかと席を立つ。

生徒会室にはまるで王侯貴族の部屋のように使用人の待機部屋が隣接しており、そこには簡単な炊事場があった。流石にコンロはないが、代わりに使い勝手のよさそうな煉瓦《れんが》造りのかまどがある。

使用人自体は、学内の決まりに沿って置かれていないようだが。

お茶を飲むだけで一苦労だと思いつつ、かまどに火を入れてお湯を沸かした。戸棚を物色していたら缶に残された茶葉を発見したので、二客のティーカップにお茶を淹《い》れた。流石に自分の分だけというわけにはいかないだろう。

ティーカップを載せたトレイを持って使用人部屋を出ると、扉を凝視していたらしいジョシュアと目が合った。

仕事に集中していると思ったので、これには驚いてしまう。

その目力の強さにたじろぎつつも、お茶が冷めるのを恐れ足を速めた。

「一息いれてはいかがですか？」

零さないよう細心の注意を払って彼の机にティーカップを置く。

ジョシュアはお茶と私の顔を交互に見て、ひどく困惑したように肩を落とした。

「別に毒など入っていませんわよ。心配ならこちらのカップと交換しますか？」

まさか疑われているのだろうかと尋ねれば、彼は不服そうに首を振った。

「疑ってなどいない！」

「そうですか」

ならよかったと思い、私は自らの机に戻った。

お茶の味は可もなく不可もなくといったところか。

それを口に含んだところで、そういえばこの世界で初めてお茶を淹れたなということに気が付いた。

ミセス・メルバの授業に美味しいお茶を淹れる方法なんてカリキュラムはないし、自宅でも大抵のことはマチルダがやってくれる。

もしかして貴族の令嬢がお茶を淹れるのはおかしいのかもしれないと思い、ジョシュアをそっと窺うと彼は未だにこちらを見ていた。

私は確信する。

どうやらやらかしてしまったらしい。

「初めてなので、あまりうまく淹れられませんでしたわ。どうぞお飲みにならないでくださいませ」

そう言ったら、なぜかジョシュアは慌ててお茶を飲み始めた。

飲まないでくれと頼んでいるのに、逆に飲み始めるとは何事か。天邪鬼《あまのじゃく》にもほどがあるだろうと思わず呆れてしまう。

「お飲みにならないでくださいとお願いしましたのに……」

「いや……き、君が手ずから淹れてくれたお茶を無下《むげ》にはできないだろう。ありがとう」

これには私の方が驚かされた。今までジョシュアからお礼を言われたことなどあっただろうか。

少しでも王子に害なす気配があれば追い出してやると言わんばかりに、私を敵視していた彼はどこへ行ったのか。

そりゃあ、最近は少し態度が柔らかくなってきたと感じてはいたが、まさかここまで気を許してくれているとは思ってもみなかった。

攻略対象とあまり親しくなってはいけないと思いつつも、お礼を言ってくれたジョシュアに親しみが湧いてくる。

そういえばゲームでも、ジョシュアルートでは随所にこういうツンデレポイントが存在していた。

自分にも他人にも厳しいが、やはり根はいい人なのかもしれない。

いつもの緊張感のある空気が、すこし弛緩《しかん》したような気がした。

なので私はこれを機に、労働環境を改善するための人員補給を願い出ることにした。

「ジョシュア様。エミリア様を執行委員としてお認めになるのでしたら、生徒会の新しい役員についても考えてはいただけませんか？」

まさか私がこんなことを言うとは思わなかったのか、少しだけ柔らかくなっていたジョシュアの顔がすぐに張りつめたのがわかった。

「なぜだ？」

「お二人の卒業後のことを考えますと、生徒会の業務内容を知っている人間がお二人しかいないというのは不安があります。気が早いかもしれませんが、少しずつ引継ぎを進めていきませんと……。それに、このままではあまりに不公平です」

「不公平？」

「殿下の……お妃候補に関してです。有力候補をエミリア様だけ執行委員として認めれば、ジョシュア様はユースグラット家のために妹君を優遇していると、無用の誹《そし》りを受けるでしょう」

「なんだと⁉　そんなつもりは……」

そのあたりのことについて、彼は特に意識していなかったらしい。

だが実際に私がセリーヌに取り囲まれたように、殿下に近づきたいと願っている女子は複数いるのだ。今まではジョシュアなら仕方ないと周囲に見られていたが、私やエミリアに仕事を手伝わせていると公《おおやけ》になったからには、今のままではいられないだろう。さっさと引継ぎをしてほしいというのも本心だ。このまま彼らが卒業して、生徒会役員の経験者が私だけということになっては心底困る。

「ジョシュア様にそのおつもりがないことはよくわかっております。ですが実際、わたくしは今日セリーヌ・シモンズ様から忠告を受けました」

「馬鹿な！」

それとなく今日あったことを報告しようとしたら、ジョシュアが激高《げっこう》したように立ち上がったのでこちらが驚いた。

彼はつかつかとこちらに歩み寄ると、とんでもない気迫で言った。

「一体何を言われた？」

その両腕は机に置かれ、私を逃がさないようにする念の入れようだ。

間近に覗き込まれ、私の背筋が凍った。一見冷たく見える濃紺の瞳に、はっきりと怒りの色が浮かんでいる。

「え？　ええーと」

私は思わず言いよどんだ。

これでジョシュアとセリーヌが対立でもしたら、余計に面倒なことになる。

なにせ彼らはどちらも、ゲームの攻略対象キャラなのだから。

「な、なにを言われたと言われましても……他愛もないことですわ」

「だから、何を言われたと言っているんだ！　他愛のないことでも何でもいい。大人しく話せ」

激高という言葉がお似合いなジョシュアの顔は、色白なのでまさに般若のごとくという形容が相応しいような気がした。

そのあまりの形相に、隠し立てするのはよくないと判断した私は、なるべく穏便《おんびん》に今日あったことを告げる。

「ええとー……セリーヌ様に放課後どのようなことをしているのかとの問い合わせがありましたので、ミセス・メルバにお願いして有志の特別授業を行っていただきました」

「それが、『忠告』と一体どうつながるのだ」

私は、セリーヌから忠告を受けたなどと余計なことを口にした少し前の自分を恨んだ。

「ええーと、それは……」

「はっきりとしろ。でないと後で後悔する羽目になるぞ」

間近で凄まれ、これ以上答えを引き延ばすのは無理だと思われた。

「た、大したことではありませんわ。ただ少し、疑われてしまったのです。ウィルフレッド様の婚約者を決めるにあたって、エミリア様の有利になるような怪しい集会を開いているのではないかと……」

「なんだそれは？」

ジョシュアが呆れたような顔をした。

私も、自分で言っていてなんじゃそらという気持ちだったので、深く頷く。

魔法があるような世界観ではないのだから、どんな集会を開こうが王子の婚約者決定に対する影響は皆無だろうに。

だがそれは、そんな些細《ささい》なことが気になってしまうほどセリーヌの陣営が不利な立場に置かれているという意味でもある。

「もちろん、見られて不味《まず》いことなどないですからいつもの補習にご参加いただきましたよ。なんとか納得していただけたのか、セリーヌ様たちは大人しくお帰りになられました」

そういえば、改めて考えてみるとセリーヌが大人しく引き下がり過ぎのような気がしないでもない。

だが、彼も自らの派閥におされているだけで、本当に婚約者候補として勝ち抜きたいという思いはないだろう。

なにせ、結婚などしては自分が男であることを隠し切れなくなってしまうのだから。

ゲームのストーリーだと、セリーヌは最後、主人公への真実の愛に気付き、事故に見せかけて死ぬことで女としての自分を殺し、髪を切って男として主人公を迎えに来るというストーリーだった。

百合属性のない私でも――いや、むしろないからかもしれないが、迎えに来た彼の男前ぶりはなかなかにくるものがあった。

すっかり毒気が抜かれたのか、拘束を止めたジョシュアは頭痛をこらえるようにこめかみを押さえたため息をついている。

「そういう時は、俺を呼べばいいだろう」

ここで、信じられないような提案がなされた。

「え、なんでですか？」

「なんでって……」

「私がセリーヌ様に何をされようが、別にジョシュア様には関係ありませんよね？　特に殿下やエミリア様の派閥に不利益になるということもございませんし。むしろジョシュア様を間に入れたらより一層面倒なことになりそうですわ」

言ってしまってから、思わず口を押さえる。

あまりにも突拍子がない話なので思わず素が出てしまったが、今のは明らかに言い過ぎだった。

いくら真実とはいえ――なおかつ実行すればより私の立場が悪くなるような提案だったからといって、流石に言い過ぎだった。

ジョシュアもこれは予想外だったのか、呆気にとられたような顔で私を見下ろしている。

「お、お茶が冷めてしまいましたわね。よければ淹れ直しますわ」

「あ……ああ、いや……」

ジョシュアがフリーズしている間に私は帰宅して、ことを有耶無耶《うやむや》にすることにした。

せっかく休憩したのに帰るというのも妙な話だが、あんな失言の後では一緒に仕事をするなど無理だ。

幸い重要度が高い仕事は処理し終わっているので、残りは持ち帰るなりなんなりすればいいだろう。

私は使用人部屋でジョシュアのためのお茶を淹れ直すと、自分は書類の束を持って生徒会室を出た。

「お先に失礼します」

そう声をかけてもまだ、ジョシュアがフリーズしたままだったことを、ここに申し添えておく。

◆　◆　◆

馬車で帰宅すると、体はすっかり疲れ切っていた。

いつもに比べれば大したことはしていないはずなので、むしろ気疲れしたと言うべきか。

「お嬢様どうなさいましたか？　顔色が悪いですよ」

「何でもないのよ。ありがとう」

毎日顔を合わせているマチルダがこう言うのだ、よほどひどい顔をしていたのだろう。

とにかく気持ちを切り替えようと、今日は早く寝て仕事は早起きしてやることにした。

睡眠は気分転換に最適だ。

落ちるように眠りについたが、睡眠の質はあまりいいものではなかった。

そろそろ疲れが出てきているのかもしれない。

翌日はマチルダが起こしに来る前に目を覚まし、持ち帰ってきていた仕事を片付けた。

「いつ起きられたのですか⁉」

朝、私を起こそうとやってきたマチルダに驚かれた。

前世の記憶を取り戻す前の私は朝が弱かったので、一人で起きたことがよほど意外であるらしい。

「どうしても片付けなきゃいけない書類があって……」

すると、マチルダは呆れたようにため息をついた。

「お嬢様。書類仕事など令嬢のする仕事ではありませんわ。一体どうしてそのようなことを！」

いつもは優しいマチルダの声に、険が混じっている。

どうして非難されるのかわからず、私は驚いてしまった。

「どうしてって……」

没落を回避するために生徒会を手伝っていたら、いつの間にか役員になっていた。

そんな事情を説明したところで、それらの事情を知らない彼女に理解してもらえるとは思えない。

「え、エミリア様のためよ。私が生徒会の仕事をすれば、エミリア様が助かるの」

咄嗟にエミリアの名前を出して誤魔化してしまった。

効果は絶大で、それならば仕方ないとばかりにマチルダはうつむいた。

私は心の中でエミリアに土下座する。

その後、あまり食欲はないので軽くフルーツで朝食を済ませ、私は学校に向かった。

今日もスケジュールが詰まっている。

なんとなく疲れが抜けきれない体に鞭《むち》打って午前の授業を終えると、私は昼食をとるカフェテリアには向かわず、昼寝場所を求めてひと気のない古い温室にやってきた。

新しい温室が作られて数年たっているので、校舎から少し離れた場所にあるこちらは、手入れもされておらず雑草が伸び放題になっている。

ガラスも割れていてまるで廃墟のような有様だが、そのおかげで人も近寄らないのが私には好都合だった。

なにせ、良家の令嬢が昼寝などしているとばれたら、一大事である。おちおち昼寝もできない生活に、私は少しのわずらわしさを感じた。

ちなみに、私がどうしてこんな場所を知っているかというと、それもゲーム知識のおかげである。

攻略対象キャラの一人である教師とヒロインがここで逢い引きをするのだ。

けれど逢い引きイベントは決まって夜だったので、昼ならば彼らとかち合うこともないだろうと来てみたのである。

その予想は当たりで、古い温室は静まり返っていた。

私は大きな南国の植物の陰にあったベンチを見つけ、軽く埃《ほこり》を払うとその上に横になった。

こうして誰にも気兼ねすることなく横になるというのは、ひどく気が楽だ。そうして間もなく、私は眠りに落ちていった。

◆ ◆ ◆

雑草を踏む音がして、目が覚めた。

一瞬寝すぎたかと慌てたが、ガラス越しに見る太陽の位置はさほど変わっていない。

だが、ぼんやりと霞みがかっていた頭にゆっくりと危機感が滲《にじ》みだしてくる。ガサガサという足音に恐怖を覚え、私はそっと侵入者に気付かれないように体を起こした。

南国特有の鮮やかな緑の植物は、手入れを怠《おこた》ったせいであちこちに葉を伸ばしている。枯れていないということは寒さに耐性があったのだろう。そのことに感謝しつつ、私はその葉の隙間から侵入者の姿を盗み見た。

すると、そこに立っていたのは驚いたことにセリーヌだった。

どこかで運動してきたのか、彼はひどく汗をかいていた。

そしてその手には替えのインナーが。

私はその先の展開を予想して頭が真っ白になった。彼はおそらく、汗をかいたから着替えるためにこの古い温室にやってきたに違いない。

性別を偽っているのだから、着替えの場所に気を使うのは当然だろう。

だが、それがどうしてよりにもよって今、ここなのか。

温室の出口は一つきり。セリーヌの横を通り過ぎなければ逃げることはできない。

私は身をかがめ、必死に息を殺した。

何があっても、ここにいることを彼に気付かれてはいけない。

隠している性別がばれたとわかったら――実際には元から知っているのだけれど――彼が一体どんな行動に出るかわからないからだ。

ヒロインに対しては、このことは内緒にしてほしいと口止めするにとどめていたが、彼女から見れば私はエミリア派の人間である。

現時点では、己の秘密を最も知られたくない人間の一人に違いないのだ。

だがその時、午後の授業を知らせる鐘が鳴った。どうやら思っていた以上に眠ってしまっていたらしい。

よりにもよって、次はミセス・メルバの授業だった。

遅刻ぐらいならいいとして、絶対に欠席はできない。

私はどうにか温室から出る方法はないかと、再びセリーヌを盗み見た。

彼はちょうどシャツをはだけたところで、この位置からでも胸に詰め物をしていることが見て取れた。まさしく決定的瞬間だ。

やっぱりゲームの設定と同じで男性だったのかと思いつつ、私はどうにか脱出の方法がないか周囲を見回す。

すると温室のガラスが一部分だけ割れており、腰をかがめれば何とか外に出られそうになっていることに気が付いた。

ここを抜けられれば、セリーヌに気付かれず外に出られるはずだ。

私は迷っている暇も惜しいとばかりに、腰をかがめてその穴から顔を出した。アクリルなんてものはないので、壁の材質はガラスである。慎重に外に出なければ、割れたガラスの切っ先は容易く肌に傷を作るだろう。

慎重に慎重に通り抜けようとしたが、悲しいことに途中で制服のレースが尖ったガラス部分に引っかかった。

レースを破かないようにそっと外そうと手を伸ばし、誤ってガラスで指をこすってしまう。

「いたっ！」

思わず声が漏れて、私は口を押さえた。

だが、時すでに遅し。

私を隠してくれていた植物の大きな葉の向こうから、驚きに顔をひきつらせたセリーヌが顔を覗かせていた。

「あ、あ――……」

どんなに考えても、うまい言い訳が見つからない。

それは向こうも同じだったようで、呆然と口を開けたまま静止している。

今なら逃げ切れるかもしれないと思い、ガラスの割れ目から急いで這い出した。

急いで駆けだそうとするが、肝心な時に足に力が入らない。どうやら無理に這い出したせいで足をひねったらしい。

思わず舌打ちすると、我に返ったらしいセリーヌに呼び止められた。

「待て、シャーロット・ルインスキー！」

名前を呼ばれて、ちょっと泣きたくなった。

もう向こうは私をシャーロットだと認識している。逃げたところで、後で呼び出されるのなら意味がない。

私は諦めて体の力を抜いた。こうなったら、話し合いで平和的に解決するしかないだろう。

見れば、セリーヌは今までの冷静な様子などかなぐり捨て、私を追いかけるために小さな割れ目

を潜ろうとしていた。だが、私より長身なので当然苦戦している。

「わかった。逃げないから中で話しましょう。怪我したら大変だから戻って」

鋭い眼光で私を睨みつけるセリーヌを見下ろしながら、私は内心で大変なことになったぞとため息をついていた。

◆ ◆ ◆

温室の中に戻った私は、半裸のまま私を睨みつけるセリーヌと相対していた。

どうでもいいが、そんな格好でいられては目のやり場に困る。

「もう逃げたりしないから、着替えをすませてくださいませんか？」

そう言うと、己の格好を思い出したのかセリーヌがわずかに赤面する。

「絶対逃げるなよ」

彼は照れ隠しなのか僅かに頬を染めて凄むと、そそくさと着替え始めた。

詰め物を入れて制服を整えると、いつもの完全無敵のセリーヌ様が爆誕した。

驚いたことに化粧はしていないらしい。知っていても本当に男性なのかと疑ってしまうような美貌である。

だがその美しい顔が、今は不機嫌そうに顰められていた。

彼は腕組みをすると、再び私を睨みつける。そして苛立ちを誇示するかのように足先をとんとんと踏み鳴らした。

「さて、話してもらおうかシャーロット・ルインスキー。お前は一体何を見た？」

ひっかけだろうか。私は迷い黙り込む。

正直にセリーヌが男だと言えばいいのか、そ知らぬふりでなにも見ていないといえばいいのか。

どちらにしろ、突き刺さりそうな視線を向けるセリーヌを見れば、私を無事に返すつもりはないということがわかった。

「落ち着いてください。セリーヌ様。私は今見たものを誰にも話すつもりはありませんわ」

こう言ってはみたものの、セリーヌとしてはとても信じられないだろう。

彼女から見れば私はエミリアの派閥に所属するモブなのだ。私をこのまま帰せば秘密がエミリアにばれてしまうとでも思っているのか、彼女はぎらりと私を睨んで歯噛みした。

「信じられるか！」

怒鳴りつけられて、なんだか納得のいかない気持ちになった。

私が先に来て眠っていたのに、きちんと確認もせず着替え始めたのは明らかにセリーヌの落ち度だ。

それなのにどうしてこんな風に怒鳴られなければいけないのか。そう考えるとふつふつと怒りが湧いてきた。

「では、どうお答えすればご満足なのですか？　勝手に着替え始めたのはそちらなのに、そのように怒鳴られても困ります」

　まさか言い返されるとは思っていなかったのか、セリーヌが言葉に詰まる。

　これはもう勢いで押すしかないと決心した私は、言い返す隙を与えないよう更に言い募《つの》った。

「見たといったらどうなるのですか？　わたくしを脅しますか？　どうせわたくしなど貴族の末席にかろうじて縋りついている身。あなた様であれば始末も容易でしょう」

　まさかこんなことを言われるとは思っていなかったのか、セリーヌはその上品な顔に似合わない大口を開け、更に口を開いたり閉じたりしていた。

「わ、わたくしは別にそのような……」

「でしたら、もう問題はありませんわね。授業がありますので、失礼させていただきます。今日見たことは決して他言しませんので、ご安心なさってくださいませ」

　そう言い捨てると、私は足早にその場を去った。

　ひねった足がずきりと痛んだが、そんなものに構っている暇はない。

　冷静なふりをしてセリーヌをまくし立てたが、私は私でひどく焦っていた。

　本当ならもっといい解決方法があったのかもしれないが――全ては後の祭りである。

　結局、私は授業に遅刻してミセス・メルバに怒られてしまった。

　昨日に引き続き、今日もなかなかについてない一日だ。

残りの授業は、セリーヌが今後どういう対応に出るのかを想像し、ほとんどが上の空になってしまった。

授業の後、補習に出席しようとしたらセリーヌに待ち伏せされた。

「ミセス・メルバ。シャーロットさんは昼間足を怪我されたようですので、早くお帰りになられた方がいいかと存じますわ」

「まあ、そうだったのですか。なんでもやせ我慢するところはあなたの悪い癖ですよ。生徒会には私が言っておきますから、今日は早くお帰りなさい」

「いえ、大したことは……」

「わたくしが馬車まで付き添いますわ。ほら、お手をお貸しになって」

セリーヌに涼やかな笑顔で手を差し出され、反論は受け付けないとばかりにミセス・メルバが腕を組んで教室の入口に立ちふさがっている。

困った。セリーヌと二人きりになどなりたくないのに、まるで前門の虎《ミセス・メルバ》と後門の狼《セリーヌ》に挟み撃ちにされたような気分だ。

「無理なさらないで。さあ」

これ以上固辞しては、また私の評判が悪くなりそうである。

実際、近くを歩いていたセリーヌびいきらしい女生徒が、怪訝な顔をしてこちらを見ている。

「あ、ありがとうございます、セリーヌ様！」

私は覚悟を決めて、彼女の手を取ったのだった。

そのまま大人しく馬車に連れて行ってくれるとは思わなかったが、彼女の足が例の朽ち果てた温室に向かっていると気づいた時にはぞっとした。

「セリーヌ様。ポーチに向かうのではありませんでしたの？」

人目があるうちにそっと水を向けたが、笑顔でかわされてしまう。

「帰る前に治療した方がいいですわ。ほら、少し腫れていますもの」

セリーヌの言う通り、私の右の足首は軽く腫れていた。

腫れていることを自覚すると、より痛みが増したような気がするから不思議だ。

裏庭に入ってひと気がなくなってきたところで、私は立ち止まろうとした。

だが、男性である彼に力で敵うはずがない。

「止まるなら担ぐけどね。どうする？」

こう脅されては、大人しく足を進めるほかないのだった。

温室の中に入った私は、開き直ってベンチに腰を下ろす。

「こんなところでどうやって治療をするというのかしら？」

当てつけのつもりで嫌味を言うと、彼は気にした様子もなく巨大な南国植物の根元にしゃがみ込んだ。何をしているのかと見ていたら、驚いたことに木の洞《ほら》から四角い箱を取り出したではないか。

箱の中には包帯などの救急用具が入っていて、彼が頻繁にこの温室を利用していると暗に知らせていた。

「隠れて剣の鍛錬《たんれん》をして怪我をするとここで治療するんだ。慣れているから安心して」

そう言うと、彼は私の返事を待たずベンチの前にしゃがみ込んだ。

どうやら本気で、私のことを手ずから治療してくれるつもりらしい。

隣国とはいえ王族にそんなことをしてもらうわけにはいかないと、私は慌てた。

「ま、まって！　自分でできるからっ」

「いいから大人しくしておけ。間違ってこの足を折ってしまうかもしれないぞ？」

腫れた足を持っている相手にそう脅されると、本当に危害を加えられてしまうかもしれないと恐怖心が湧いた。そもそも彼は、私に秘密を握られて困っているはずだ。だから秘密を喋るなと脅すためには実力行使もありえるかもしれず、下手に抵抗することができなくなってしまった。

「できた。後はしばらく激しい運動は控えて安静にした方がいい」

予想に反して、セリーヌの治療は何事もなく済んだ。

それどころかすっとする薬草を巻いてくれたらしく、少し痛みが楽になっている。

「あ、ありがとう」

戸惑いつつ礼を言うと、治療道具を再び木の洞に隠しながらセリーヌが悪戯っぽい笑みを浮かべた。

「さっきまでの強気な態度はどこへ行ったんだ？」

「そっちこそ、今にも殺してやるって顔してたじゃないですか」

セリーヌに引きずられて、ついお上品な口調が抜け落ちてしまった。

さっきまでの険悪な雰囲気が霧散し私たちは顔を見合わせて笑った。

◆ ◆ ◆

「じゃあ、その女生徒を避けてこの古い温室に来るようになったと」

「そうだ」

ベンチの隣に座り、セリーヌは頷いた。

スカートなのに大股で座るその姿は、普段の王女然とした態度からは想像もつかないものだった。

彼はこの温室に来るようになった理由を、私にこう説明した。

――ピンク色の髪をした見知らぬ女生徒に後をつけ回されて、仕方なくと。

私はすぐにそれが、アイリスだとぴんときた。

きっと彼女は、セリーヌを攻略するためそのきっかけを探っていたのだろう。

生徒会に寄せられたアイリスに関する苦情とも、セリーヌの言葉は一致する。

それにしても、アイリスの行動はいちいち妙だ。ゲームの存在を知っている割に攻略がうまくいっていないのは、彼女が攻略対象キャラと出会う場所やタイミングを把握していないからのように思える。

彼女はやはりゲームを全てはクリアしていないのだろうか。

だがそう仮定すると、ああも自信満々なのはなぜなのか不思議に思えてくる。

「てっきりエミリア嬢の取り巻きの誰かだろうと思っていた。ウィルフレッド殿下の婚約者候補の中から俺を蹴落とすためにね。だが、奇妙なことにその女生徒から、君とエミリア嬢たちが放課後妙な儀式をやっているとの密告があったんだ。俺としては胡散臭《うさんくさ》いと思ったんだが、周囲の生徒たちが黙っていなくてね。結局、ミセス・メルバの補習に殴り込む形になってしまった。君たちは真面目に授業に取り組んでいただけなのに、申し訳なく思うよ」

驚いたことに、セリーヌ陣営が急に難癖をつけてきたのは、アイリスの差し金だったらしい。

そんなことをして一体彼女がどんな得をするのか非常に謎だが、彼女の行動が不可思議なのは何も今に始まった話ではない。追い追いなにか対策を立てなければいけないだろうが、今はセリーヌに信用してもらうことの方が先だ。

誠実に謝ってくれた彼に、私も昼間の態度を謝罪することにした。

「こちらこそ、急いで逃げようとして申し訳ありませんでした。ミセス・メルバの授業に遅れてはいけないと焦っていたので……。信じてくださいと言っても難しいでしょうが、わたくしはセリーヌ様の秘密を誰かに話すつもりはございません。そんなことをしても、何もわたくしの得にはなりませんから」

この発言は意外だったようで、セリーヌが目を見張ったのがわかった。

「得にならないって？　でも、俺がウィルフレッド殿下の婚約者候補から降りれば、エミリア嬢は――ひいては君の父上は喜ぶんじゃないのか？」

どうやら彼の頭には、我が国の貴族の大体の人間関係が頭に入っているらしい。

私ですら自分の家のことしか把握できていないのに、とんでもない記憶力だと舌を巻く。

「よく我が家の立場までご存知ですね。ですがわたくしは将来、実家とは縁を切って政務官になりたいのです。それに、セリーヌ様もまさか本当にご結婚なさろうとは考えておられないのではありませんか？」

斬り込むように尋ねると、セリーヌは一瞬黙り込んだ。

「――なるほど。この国では学校教育と同時に女性の政務官登用が始まっていると耳にしてはいたが、志望者を目にするのは初めてだ。そういうことだったのか」

私は彼が一瞬でも同意してくれたことに驚きながらも、言葉でわかってくれる人でよかったと深い安堵を覚えたのだった。

第五章　複雑な王女様の活用法

セリーヌによると、男であることはまだアイリスにはばれていないらしい。

イベントを起こすために追い回したせいで、セリーヌが着替え場所をこの温室に変更してしまったせいだろう。

だが、この温室もまた別のキャラクターとの逢い引き場所として出てくるのである。ここを使用し続けるのは危険かもしれない。

「アイリスは、多分この温室の存在を知っています。遠からず探しに来るかもしれませんよ」

私が忠告すると、セリーヌは見るからに嫌そうな顔になった。

追いかけまわされたことで、よほど嫌な思いをしたらしい。もしかしたら、生徒会に寄せられた複数の要望の中には、彼の出した物もあったのかもしれない。

「なんだと。勘弁してくれ。やっと見つけた安息の場だというのに」

セリーヌは悲し気に肩を落としている。

どこか他にいい隠れ場所はないかと考えていた私の脳裏に、名案が浮かんだ。

「ちょうどいい場所があります。少しお仕事をしていただくことになるのですけれど、よろしいですか？」

するとセリーヌは目に見えて訝《いぶか》しむ顔になった。

「どういう意味だ？」

「わたくしが生徒会役員になったことはご存知ですか？」

「それは知っているが……」

「それでは話は早いですね。人目を避けるのに、生徒会室をお使いになるのはいかがですか？」

そう提案すると、セリーヌは目の玉が飛び出しそうなほど大きく目を見開いた。

「バッ……何を言い出すかと思えば、やはり俺の秘密を殿下に売るつもりなのか？」

そう言って、彼は険悪な雰囲気を垂れ流しにする。

そう解釈されても無理はないが、私は私で別のことを考えていた。

「そういうわけではありません。生徒会室は、使用する人数が数人に限られている上、ウィルフレッド殿下の身の安全を守るため中に入れる人間も限られています。更に言うと、殿下ご自身は政務の関係で生徒会室にいらっしゃらないことが多いのです」

これらは、生徒会の手伝いになってみて初めて知ったことだ。以前不運にもアイリスが中まで入ってきてしまったことがあったが、あれ以来侵入者を防ぐべく特に気を使っている。

ついでに扉の前には警備のための近衛兵まで立てられ、生徒会室には厳戒態勢が敷かれることとなった。

そのあたりの経緯を説明しつつ、私は言った。

「これらは裏を返せば、生徒会役員になれば自由に使える密室が手に入ることを意味します。どうです？　魅力的ではありませんか？」

「だが、俺を生徒会役員に引き入れてなんになる？　俺がウィルフレッド殿下に近づく口実を得ることになるぞ。エミリア嬢はさぞ面白くないだろうな」

疑いの目で私を見つつも、セリーヌはまんざらではない顔になった。

それほどまでに、今の彼は追い詰められているということなのだろう。

「それがまずいと思うなら最初からこんな提案はしませんわ。むしろ、今はエミリア様が有利になり過ぎていると軋轢が生まれているくらいです。補習授業を見せてこの間は引いていただけましたが、このままでは学内に余計な火種を抱え込むことになりましょう。ですからバランスをとるためにも、あなた様に生徒会役員になっていただければこちらも都合がいいんです」

ついでに言うと、圧倒的な人手不足なので手を貸してもらえると助かる。というか、私の第一目的はむしろ優秀な人材の確保であった。

「だが……確か日中はジョシュア・ユースグラットが生徒会室に詰めてるはずだ。少なくとも、俺はそう聞いているが」

さすが隣国とつながりのある貴族派閥のトップともなると、色々な情報が耳に入るらしい。

確かにジョシュアは、万年人手不足の生徒会の仕事を片付けるため授業も受けず生徒会室に籠《こも》っていることが多い。

「セリーヌ様に手伝っていただければ、ジョシュア様もずっと生徒会室に詰めなくてよくなります。そもそも、生徒会の仕事をほぼお一人で片付けていた今までが異常なのですわ。せめて授業ぐらいは出られるようにしませんと」

でないと、ジョシュアの暴走が今以上に酷くなる気がする。

そもそも学校というのは勉強に取り組むのと同時に社交性を育む場だと思うのだが、ジョシュアに限っては一切その利点が生かされていない。

するとセリーヌは、何を思ったのか意地の悪い笑みを浮かべて言った。

「なんだ。エミリア嬢に肩入れしないと言ったかと思えば、肩入れしているのはその兄というわけか」

私の提案は、どうやら彼に妙な感想を抱かせたらしい。

「邪推《じゃすい》するのは勝手ですが、この提案はセリーヌ様のためでもありますわよ？」

「ほう？」

気分は前世の仕事でしたプレゼンテーションだ。

いっそセリーヌが生徒会に入ることで得られる利益をパワーポイントでまとめたいほどである。

自然と、私の口調も貴族令嬢らしい取り澄ましたものへと変わっていった。

「ご自分でも、そろそろ感じてらっしゃるんじゃありませんか？　性別を偽り続けることへの限界を」

本題へ斬り込むと、セリーヌは途端に鋭い表情になった。

先ほどまでのどこか弛緩した空気が、一瞬にして霧散する。

「わたくしとしては、これを機にウィルフレッド殿下やジョシュア様に恩を売るのも悪くないと思いますわ。お二人は真実を知っても、決してあなたにひどいことをするような方たちではありません。それに……将来的にどうなさるおつもりなのかはわかりませんが、もう帰国なさるおつもりはないのでしょう？」

そう尋ねると、セリーヌの顔色は更に深刻なものとなった。

彼は自国でも、ずっと本当の性別を隠していたはずだ。勿論、父である王にも。

ゲームの中では主人公と付き合った時のみ失踪ということになっていたが、それでなくてもこれ以上誤魔化すことはできないだろう。

いくら美しく細身だったとしても、彼は確かに男性なのだから。

「結局、俺を売る気なのだな」

セリーヌが自嘲《じちょう》するようにそう言った。

私は彼にも聞こえるようあえて大きなため息をつく。

「そんなことをして、一体わたくしにどんな得があるというんですの？　あなたはなにか勘違いをなさっているようですが、別にあなたを殿下に男だと引き渡したところでよくやったと褒められることなんてありませんわ。それどころか、面倒ごとの種をまいたと嫌な顔をされるでしょう。大体、セリーヌ様はあくまで王立学校への留学生であり、まだウィルフレッド殿下の婚約者ではないのですよ。実は男でしたと言われたところで、我が国としてはああそうなのですかという感じですよ。むしろ、我が国の貴族の間で余計な軋轢が生まれないよう、事を伏せたままそ知らぬふりで通す可能性すらあります。殿下の婚約者候補からあなたがおりれば、候補はエミリア様だけになりますもの。自然と、ユースグラット公爵家の力は増して貴族間での力関係にゆがみが生じてしまいます。王家としては、せっかく両派閥の力関係が拮抗《きっこう》しているのに余計な水は差したくないと言ったところでしょうか」

息継ぎもせず一息で言い切ると、ぜえはあと息が切れた。

そんな私を、セリーヌは唖然とした顔で見つめている。

◆　◆　◆

「はっ、ははははは！」

突然大きな笑い声が響き渡った。

「え？」

セリーヌが笑っている。今までの取り繕った表情など全てかなぐり捨てて。

破顔と呼ぶのが相応しい、年相応の青年の顔で笑っていた。

「はは、ははは……………」

「ちょっと、いい加減笑うのはやめてください」

あまりにも長い間笑い続けるものだから、酸欠になってしまうのではと心配になった。

それがあながち的外れな心配ではないと証明するように、セリーヌは苦しそうに目尻を拭っている。

「やめてくださいったら！」

非難するように声を上げると、ようやく笑い疲れてきたのかセリーヌの笑い声が途切れた。

「いやあ、すまないね」

まったく悪びれない調子で、彼は謝罪の言葉を口にした。

「君があまりに熱心だから」

そして絶妙にいらつく言葉を吐く。

だが、ここで怒っては折角の思いつきが水の泡だ。

「あら、いけませんでしたか？」

精一杯余裕ぶって笑ってみせると、セリーヌは大きく口角を上げた。

「悪くはないさ。必死さが伝わってくるいいスピーチだった」

ようやく息が整ったらしいセリーヌは、私の目をまっすぐに見て更に言葉を重ねた。

「その必死さに免じて、入ってやろうじゃないか。生徒会に」

どうしてこんなに上から目線なのだろうと呆れていると、セリーヌがほっそりとした手を差し出してきた。

多分、おそらく、握手を求められているのだろう。

王族が誰かと同等であることを示す握手を交わすなんて、聞いたことがない。あったとしても、相手は他国の王族に限られているはずだ。

だから躊躇《ちゅうちょ》していると、セリーヌは催促するように私の右手を軽く叩いた。

「早くしろ」

本当にいいのだろうかと思いつつ、恐る恐るその手を握る。

色が白くほっそりしているように見えて、その手のひらは剣だこで硬くなっていた。

「はは……お前みたいなやつが、うちの国にもいたらよかったのにな」

セリーヌはそう言って、先ほどとは打って変わった寂しげな笑みを浮かべた。

彼が今までどんな人生を送ってきたのか、私は知らない。それはゲームでも深く触れられていない部分だった。

だが、性別を偽り続ける人生が、順風満帆《まんぱん》であるとは思えない。きっと彼は、人知れない苦悩を重ねてきたのだろう。

そう思うと、先ほどまでの失礼な言動などすぐにどうでもよくなってしまった。

「では、今からでも生徒会室へ参りましょう。ジョシュア様がいるはずですもの」

そう切り出すと、今度は思いもよらぬ言葉が返ってくる。

「いや、それは明日にしよう。君は怪我をしているんだ。早く帰った方がいい」

「大したことありませんわ。手当てもしていただきましたし」

そう言ってはみたものの、セリーヌが首を縦に振ることはなかった。

「一応は女の子なのだから、自分の体を大切にしなさい」

〝一応〟という言葉に引っかかりを覚えつつも、いくら私が平気だと言ってもセリーヌは聞き入れなかった。

仕方なくその日は大人しく帰宅し、私は翌日の放課後、二人で改めて生徒会室に向かうことにした。

◇　◇　◇

「セリーヌ様を生徒会役員に？」

ジョシュアの反応は、ある意味想像通りのものだった。

セリーヌの手前言葉を控えているようだが、その目には「どうしてそうなった」という彼の気持ちが如実に表れている。

私たちは今、生徒会室内にある応接セットのソファで向かい合って座っている。ウィルフレッドとジョシュアが隣り合って座り、それに向き合う形で私とセリーヌが座っている形だ。

「それはまた、一体どうして？」

驚きつつも落ち着いた様子で問い返してきたウィルフレッドは、流石、王子と言うべきか。

というか、ここにいるのは両国の王族と公爵家の継嗣であるジョシュアなので、私の場違い感が半端ない。取り囲む全員が美形なので、傍《はた》から見れば違和感がすごいだろうなあとぼんやり考えたりする。

だが、今はぼんやりしている場合ではない。事情を説明するため口を開こうとすると、そこでなぜか隣にいるセリーヌに手で制された。

「ここから先は自分で説明するよ」

あまり普段の彼らしくない喋り方に、ウィルフレッドとジョシュアは早くも違和感を覚えたようだ。

そしてこの非公式な会談は、セリーヌが自ら己の事情を説明するという前代未聞の形で始まった。

彼が実は男で、それを隣国の王――つまりセリーヌの父――も知らないというくだりにはさすがの二人も唖然としていた。

「そ……そんなことを我々に話してしまってもいいのか？」

先に我に返ったのはウィルフレッドの方だった。

どうやら頭の固いジョシュアよりも、主人である彼の方が対応力に優れているらしい。

「良いも悪いも、こいつにそうした方がいいと勧められたのでな」

そう言って、セリーヌはなぜか楽しげに私を指さした。

「あ、あなたは……っ」

すると、なぜか突然ジョシュアが立ち上がって言った。

「いつの間にそれほどシャーロット嬢と親しくなったのだ⁉」

何を言い出すかと思ったら、これである。

だいぶ打ち解けてきたと思っていたが、どうやら彼は未だに私が王子に害をなすかもと疑っているのだろうか。

だからこそ、隣国の王族と私が親しくしているのが気に食わないと。

「今はそんなことどうでもいいではありませんか」

苛立って、つい強い口調で言い返してしまった。

私の反応が予想外だったのか、ジョシュアが呆然とした顔で私を見返す。

「ど、どうでも……」

「あー、そのなんだ。今はセリーヌ……王子への対応が先だろう。そのあたりに関してはあとで詳しく聞くとして」

ウィルフレッドがなだめるように言うと、納得したのかジョシュアがソファに座り直した。

この一連のやり取りには、流石のセリーヌも驚いたようだ。

「申し訳ありませんわ。わたくし、ジョシュア様によく思われていませんの」

こっそりセリーヌに耳打ちすると、彼はなぜか呆れたようにこちらを見た。

「よく思われていないって？　あれはむしろ――……」

「とにかく」

ウィルフレッドが場を仕切り直そうと声を張ったので、私たちは会話を中断しそちらに意識を向けた。

「あなたが生徒会の仕事を手伝ってくれるというのは助かる。この通り、役員があまりに少なくて困っていたところなんだ。勿論、役員ならばこの部屋を自由に使ってくれて構わない。私はあなたの秘密を守ると約束しよう」

そう断言するウィルフレッドは王子様然としていてかっこよかった。

さすがメイン攻略キャラクターである。これでまだ二十歳にもなっていないというのだから、そのしっかり具合に私は思わず感心してしまった。

「同じ王の子として、あなたの立場の難しさも少しはわかるつもりだ。決して悪いようにはしないので、この件は私に任せてくれないか？　勿論、何らかの行動を起こす場合は事前にあなたに確認すると誓おう」

そう言って、今度はウィルフレッドが立ち上がると彼は手を前に差し出した。

セリーヌが私にしたのと同じで、握手を求めているのだ。

あらかじめ覚悟を決めてあったのか、セリーヌもすぐさま立ち上がると彼らは固い握手を交わした。

私が感じたのと同じように、その手のひらの硬さでいろいろなことを察したのだろう。ウィルフレッドが力強く頷いた。

セリーヌの横顔には笑顔が浮かんでいて、その笑みはどこか晴れやかだった。

これで人手不足もどうにか目途《めど》がつきそうだ。

私はほっと安堵しつつも、このことが知れ渡ればまたアイリスの反感を買いそうだと、心の片隅でひっそりと生まれた不安を拭えずにいた。

◈ ◈ ◈

ガリガリと、爪を噛む音が部屋に響く。

「お、お嬢様……」

令嬢付きのメイドは、主人の乱心に動揺したようにか細い声を上げた。

「なによ！　うっさいわね」

お嬢様と呼ばれた娘は、右手親指の爪をがりがりとかじりながらメイドを睨みつけた。

――アイリス・ペラム。

『星の迷い子』ではプレイヤーの身代わりとなる少女である。

「出てって！　出てってよ！」

彼女は手近にあった花瓶を掴み、メイドに投げつけた。

運よくメイドにぶつかることはなかったが、その行動がより一層、若いメイドを怯えさせたのは間違いない。

「し、失礼しました！」

これ以上部屋に留まれば殺されかねないと、メイドは脱兎《だっと》のごとく逃げていく。

それを鋭い視線で見送ったアイリスは、まるで興奮した兎《うさぎ》のように足を踏み鳴らした。

「なんで……なんでなの」

愛らしい容姿と清楚な小花柄のドレスを身に纏《まと》っていることが、彼女の特異な行動をより一層際立たせている。

またあのメイドも辞めるかもしれない。

アイリスの脳裏に、そんなどうでもいいことが浮かんですぐに消えた。

アイリスは、前世ではゲームや漫画を愛する根暗な少女だった。

ゆえに、彼女は異世界トリップの知識も持っていた。元の世界とはかけ離れた文化様式を持つ世界、主人公が現代日本の知識を生かし周囲に認められていくという、ある意味お約束となったストーリー展開である。

ゆえにその知識を生かしてこの世界でも私TUEEEを実行しようとしたのだが、そう簡単にはいかなかった。

まず、事業を起こそうにも金がなかった。

彼女の家柄は、貴族では最下位の男爵家である。

更に父親も、特に金を稼ぐ能力があるわけでもない凡庸な男だ。

うろ覚えの知識でいろいろ試行錯誤《さくご》してみたが、なにもうまくいかなかった。

身近な使用人に命令して化粧品なり料理なりを作らせてみたが、どうにも思ったようにいかない。

これではどうにもならないとお菓子を手作りもしたが、それほどお菓子作りが好きというわけでもなかった彼女は、一度作ったことのあるクッキーのレシピぐらいしか思い出すことができなかった。

そしてそのクッキーもまた、温度管理をお任せにできる電子オーブンがなければ綺麗に焼くことすらできないのだった。

そんなこんなで十歳を前にすっかり絶望したアイリスだったが、自分はゲームのヒロインなのだから、王立学校に入学できればすべてが変わるのだと思っていた。

華やかな攻略対象キャラたち。

夜寝入る前に誰を攻略するのか検討する時間だけが、彼女の喜びだった。

それぞれに、引けを取らない地位と名誉と美貌を持つ男たち。

彼らに愛される自分を想像しては、有頂天になって眠りにつく。


――あのキャラもいい。だがこのキャラも捨てがたい……。


もともと彼女はゲームの絵師のファンだったため、外見でいえばキャラ全員がストライクゾーンだった。

だがその中でもやはり、ウィルフレッド王子は別格だ。

金髪碧眼で心優しい、まさに絵に描いたような王子様。

彼を落とすことができれば自然と王妃の座が手に入る。ウィルフレッドしか攻略したことのないアイリスは、彼のことをほぼ安パイとして見ていた。

己のゲーム知識を使えば、間違いなく攻略できる相手。なので彼女は、ウィルフレッドと親密度を高めつつ、他の攻略対象キャラたちの攻略方法を解明することに心血を注いでいた。

だからしばらくは、気付かなかった。

順調に攻略を進めているはずのウィルフレッドとの間に、起こるはずのイベントが起こらないことに。

彼に渡すべきプレゼントも、いつも鞄に入れていたが一向に渡す機会が訪れない。

それどころか、学校中探し回っても彼と出会うことすらできなくなった。

ジョシュアの苦言を受けたウィルフレッドがアイリスのことを避けていたのだが、彼女はそのことに気付かなかったのである。

それに、ライバルキャラクターであるエミリアが思い通りに動かないのも、大変面白くない。

アイリスの予定では、今頃エミリアを蹴落として生徒会役員入りしているはずであった。

だが実際に生徒会役員となったのは、シャーロットという地味な脇役《モブ》キャラである。

そしてそのモブキャラが、現在アイリスを最もイラつかせているキャラクターであることは間違いなかった。

先日のクッキーの一件で、シャーロットもゲーム知識を持っていると気付いたアイリスは、彼女を現在の立場から引きずり下ろすため一計を案じた。

セリーヌ率いる隣国と縁深い一派に、エミリアをウィルフレッドの婚約者にするためシャーロットという女生徒が怪しげな集まりを主宰していると囁《ささや》いたのである。

実際アイリスは、ゲーム知識を持つシャーロットが何か不正をしているのだろうと半ば信じ切っていた。

そうでなければ、あんな可愛いわけでもない地味なモブが王太子の代名詞でもある生徒会に入るなど、ありえない。

その上シャーロットは、なぜかライバルキャラであるエミリアにも一目置かれている様子である。ヒロインがウィルフレッドに近づくのを徹底的に妨害するはずの彼女が、シャーロットの生徒会入りを容認しているのはあまりにも妙だ。

そしてこの作戦は、攻略対象キャラであるセリーヌに近づくためのものでもあった。

アイリスは、セリーヌが男性で攻略対象であることこそ知ってはいても、攻略したことがないので詳しい攻略方法がわからない。

なのでPVで採用されていた着替え中のセリーヌとの遭遇スチルを再現しようと彼を追い回していたのだが、それがうまくいかなかったのだ。

今回の作戦は、そんなセリーヌに情報を流して恩を売り、なおかつシャーロットを生徒会から排《はい》斥《せき》するという一石二鳥の作戦だった。この作戦を思いついた時、自分は天才じゃないかとアイリスは一人悦に入っていたほどである。

だがそんなアイリスを昨日、驚くべき知らせが襲った。

それはシャーロットに続き、セリーヌとエミリアが生徒会役員として承認されたという知らせだった。

どうしてそうなるとアイリスは歯噛みしたが、そんなことをしているのは彼女一人で学内はむしろ歓迎ムードだった。

ここでエミリアだけが役員になればセリーヌを婚約者候補として推している一派は激しく反対したことだろう。だが彼女も同時に生徒会入りを果たしたことによって、ウィルフレッド王子がいよいよ正式に婚約者を決める気になったのだろうと学内は沸き立っていた。更にセリーヌを主軸とする一派も十分に勝算はあると見込んでいるのか、総じて好意的である。

それが気に入らず、アイリスはこうして昨日から荒れ学校を休んでいた。

重い花瓶であろうと関係なく人に投げつけるため、彼女を世話するメイドたちは皆怯えており、泣き出す者まで出る始末だ。

ぎりぎりと爪を噛みながら、アイリスは必死に頭を働かせていた。

そして心に誓うのだった。自分の代わりにおいしい思いをしているシャーロットを、必ず後悔させてやるのだと。

マチルダは悩んでいた。

それは、仕えている伯爵家の娘——シャーロットの様子が近頃おかしいからだ。

乳姉妹でもあるマチルダは、小さな頃からシャーロットと一緒に育ってきた。

シャーロットは内気な少女で、いつもマチルダの背に隠れているような子供だった。成長が遅く、幼少の頃はそれこそマチルダの方が何歳も年上に見られたものだ。

伯爵夫妻が離縁して母親と離れ離れになると、シャーロットは何日も泣き続け自分の殻に閉じこもってしまった。

マチルダはそんなシャーロットに四六時中付き添い、力の限り彼女を支えた。

そこにはシャーロットが仕えるべき主だからというより、この弱い子供は自分が守らなければという使命感があったからだ。

そんなわけでマチルダの尽力《じんりょく》のおかげか立ち直ったシャーロットではあったが、彼女は以前にも増して内向的な性格となった。親しく喋る相手はそれこそマチルダのみで、茶会などで一緒になる貴族の子供たちとは、一向に馴染むことができなかった。

更にシャーロットにとって不幸だったのは、離婚によって伯爵の権勢欲に一層の拍車がかかってしまったことだろう。

どうにか派閥のトップであるユースグラット公爵と縁づきたいと考えた彼は、次期王太子妃候補と目される公爵令嬢と己の娘が同い年であることに目を付けた。

彼はシャーロットにエミリアと仲良くなるよう厳命し、娘の行動にいちいち指図するようになった。

シャーロットびいきのマチルダはそんな伯爵に反感を持ち、クビを覚悟で意見しようとしたこともあったが、マチルダと離れたくないと泣くシャーロットに制止され言葉を飲み込んだことは数知れず。

そんな環境がより一層、シャーロットは自分が守らなくてはいけないというマチルダの気持ちを強めたのだった。

だが、王立学校に入学して少し経った頃――厳密にはユースグラット公爵家の夜会に出席し階段から転がり落ちた時から、シャーロットは変わってしまった。

変化は突然で、そして劇的だった。

おどおどして俯《うつむ》いて小声で話すだけだった彼女が、療養中から既にまっすぐ相手の目を見てはきはきと喋るようになったのだ。

この変化に、マチルダは驚いた。

使用人が相手でもマチルダとしか喋れなかったような彼女が、きびきびと使用人に指示を出し果てには自ら父親に言い返すまでになったのだから。

この頃マチルダは、シャーロットの変化は階段から落ちたショックによる一時的なものだろうと考えていた。

ところがシャーロットは、傷が癒えても元の彼女に戻りはしなかった。

それどころか復帰初日から大量の課題を持ち帰るようになり、机に向かっている時間が増えた。

あまり根を詰めると体に良くないとマチルダは心配したのだが、どんなに注意してもシャーロットは無理を止めようとはしなかった。

幼い頃からマチルダについて回り、マチルダの言うことならなんでも大人しく従ってきた、あのシャーロットがだ。

ここに至って、マチルダは王立学校でシャーロットに何かあったのではないかと考えるようになった。

たとえばいつも意地悪をしてくるエミリア嬢から、彼女の分まで課題を押し付けられているのではないかというようなことである。

伯爵はエミリア嬢と仲良くするよう、シャーロットに何度も何度も言い聞かせてきた。

だからこそ逆らうことができず、シャーロットは毎日課題に追われているのではないかと。

だが不思議なのは、大量の課題をこなしつつもシャーロットは決して不満そうではないのだった。

確かに疲れている様子は見て取れるが、その顔は真剣そのもので、時には達成感からかひどく高揚していたりするのだ。

そしてそういう時のシャーロットはとても陽気で、時にはマチルダ以外のメイドと談笑していることすらあった。

――何かがおかしい。こんなはずはないのに。

マチルダの疑念は深まる一方だった。

マチルダにしか懐かなかったあのシャーロットが、今ではむしろマチルダを遠ざけているようにすら感じられたからだ。

そんな時、シャーロット宛に宛名のない手紙が届いた。

マチルダには、シャーロット宛の手紙に危険なものがないかをチェックするため、手紙を開封する許可が与えられている。

ペーパーナイフで綺麗にその封を開けたマチルダは、そこに書かれた文章を読み、息を呑んだ。

『お前の秘密を知っている。ばらされたくなければ今日の夜、森の近くの廃教会に来い』

そこに書かれた秘密という文章に、マチルダは釘付けになり一瞬息をすることすら忘れていた。

◆ ◆ ◆

セリーヌとエミリアが正式に生徒会役員として任命され、数日が経った。

学校内でその発表がなされた時には、生徒だけでなくその親世代まで巻き込み、社交界は大きな騒ぎとなった。

だが、王立学校卒業を前に王子がようやく婚約者候補を二人に絞ったと受け取られ、その反応は概《おおむ》ね好意的なものだった。

そもそも、二十歳を目前にして婚約者が決定していなかった今までがおかしかったのだ。

王族の重要な任務として、確実に子孫を残すということがある。後継のいない王族というのは、国を不幸にする。次期国王をめぐって、国を荒らす内乱に発展することが多いからだ。

ゆえに王太子ともなれば生まれた時から婚約者が決定しているのが普通である。

だがウィルフレッドがその例に反してどうして今まで婚約者を決定せずにいたのかといえば、それは隣国であるシモンズ王国との外交関係に原因があった。

ウィルフレッド王子が生まれた頃、ゲームの舞台であるサンサーンス王国は、隣国であるシモンズ王国と血で血を洗う戦争の最中だった。王族は他国の王族と婚姻を結ぶのが普通である。だが戦争中のサンサーンス王国と関わり合いになることを嫌ったのか、周辺諸国から結婚の申し入れはなく、決定は延期された。

その後、戦争はサンサーンス王国の勝利で幕を閉じたが両国とも戦争の爪痕《つめあと》は深く、国力が落ちていた。

ゆえに周辺諸国からの侵略を恐れたシモンズ王国は、国力低下から諸外国の目を逸らすためサンサーンス王国との王族同士による婚姻によって国交復活をアピールしようとした。折よく王の妾の中に王子と年の近い王女がいたというのもある。生まれたセリーヌ王女は、実際には王子だったわけだが。

だが、この申し出をよく思わない者もいた。サンサーンス王国宮廷の大物であるユースグラット公爵である。

公爵率いる一派は王国内でも一番の権勢を誇《ほこ》っており、国王ですら容易く無視できる存在ではなかった。

そして公爵は「戦争に勝ったにもかかわらずどうして敗戦国の姫を娶らなければいけないのか」とこの婚姻に反対した。

そして公爵は、国力が下がっていることにも配慮し、貴族と王族との結びつきを強めるため己の娘とウィルフレッド王子が婚約すべきだと迫ったのである。

王族は王族と結婚するという常識を無視したこの申し出には、国王も驚愕した。

勿論ユースグラット公爵の無茶な申し出に反対する一派もいて、そのトップは王子に何かあれば次期国王が見込まれるミンス公爵であった。彼は、この婚約によってウィルフレッド王子とライバルであるユースグラット公爵の国内での権力が強まることを恐れたのである。彼の真の目的は、ウィルフレッド王子が生まれるまで王位継承権一位であった息子に、王位を継がせることであった。

そして国王は、この次期王太子妃問題で両公爵の板挟みとなった。

そこでまったくの異例ではあるが、王子の意志を尊重するとして王太子妃候補の決定を先送りにしたのである。

この頃のウィルフレッドは、まだ十にも満たない頃であった。

娘をウィルフレッド王子の婚約者にしそこなったユースグラット公爵は、その代わりとして息子のジョシュアを友人として王子の元に送り込み、ミンス公爵の目的を察していた王もまた、これを了承した。

そして十年の時が経ち、戦争の傷跡は完璧とは言わないまでもかなり癒えた。

人々は次期王太子妃の決定という喜ばしいイベントを、待ち望んでいた。

◆　◆　◆

セリーヌだけを生徒会に入れては角が立つということで、エミリアの生徒会入りは意外なほどあっさりと決定した。

ここ最近のエミリアは熱心に授業や補習に取り組んでいるので、その態度の改善も評価されてのことらしい。

このことを知らされると、エミリアは大喜びで私に礼を言いに来た。

あまりにも目を輝かせて何度もお礼の言葉を口にするものだから、こちらの方が恐縮してしまったほどだ。

実際に決定したのは王子とジョシュアであると何度も言ったのだが、そもそも自分が態度を改めるきっかけになったのは私だからと、涙目になっていた。

かつて取り巻きをしていた相手にこんな風に言われるとは思ってもいなかったので、思わず挙動不審になってしまったのは許してほしい。

それでも、かつて見下していた相手に素直に礼を言えるようになったエミリアに、私は好感を抱いた。

エミリアにはまだ知らされていないが、生徒会役員入りした女子は実質、私とエミリアのみである。

彼女も生徒会に入れると決断したということは、ウィルフレッド王子は彼女を妃として迎えるつもりなのかもしれない。

王子の考えはまだ聞かされていないが、正直なところアイリスが王太子妃になるよりはかなりマシである。

そんなことを考えながら、その日私は一人で生徒会室にいた。

ジョシュアは教師に呼び出されたとかで珍しく席を外しており、私は一人で黙々と書類の山を片付けていた。

セリーヌとエミリアが正式に加入するまで、まだ少しの時間がある。

セリーヌは既に着替えなどで生徒会室に立ち入っているようだが、五人体制を本格化させるには新しく机を運び入れたり色々と準備があるのだ。

私はできればそれまでに、生徒会の仕事におけるわかりやすい仕様書を作りたいと考えていた。

それさえあれば、私たちの代以降の生徒会にも、きっと役立つはずだからだ。

更にウィルフレッドとジョシュアの卒業が迫っていることを考えると、世代交代への準備は早めに進めるに越したことはない。

来年はセリーヌかエミリアを会長にして、私は会計などの地味だが実力の示せる役職に就きたい。

そんなことを考えていたら、閉まっている扉からノックの音が響いた。

入室を了承すると、部屋の中にセリーヌが入ってきた。彼女を通した見張りの騎士が頬を染めている。私は彼に憐れみを覚えつつ、立ち上がってセリーヌを出迎えた。

「早いな。もう補習は終わったのか？」

授業が終わってから、まだそれほど時間は経っていない。

私はいつもミセス・メルバの補習を受けてから生徒会に参加しているので、セリーヌが疑問に思うのも当然だった。

「いえ。今日は片付けたい仕事があったので補習はお休みしたのです」

「そうだったのか」

見ると、セリーヌはズボンにシャツという動きやすい格好をして長い髪を一つに縛り、布で汗を拭っている。

どうやらここに来る前に、日課の鍛錬を行ってきたらしい。

だがスカート姿でなくても、彼はとてもではないが男には見えなかった。

むしろ汗ばんだ髪や肌がなまめかしく、騎士が赤面するのも納得してしまう妙な色気を放っていた。

――あ、この光景はゲームで見たスチルに似てるぞ。


不意に、前世の記憶がよみがえった。

確かゲームの中にも、セリーヌがこんな風に色気を放っていた場面があったはずだ。勿論それを目撃する相手は、主人公であるアイリスだったわけなのだが。

「おい、そんなに見つめられると着替えにくいんだが」

セリーヌにそう声をかけられ、私ははっとした。

ゲームのことを考えていたのがいけなかったのか、気づくと服を着替えようとする彼をじっと凝視してしまっていた。

「も、申し訳ありません！」

これではまるで、私がセリーヌに見とれていたみたいじゃないか。

突然恥ずかしくなり、私は慌てて回れ右をした。

「私のことは気にせず、早く着替えてくださいませ」

「そうか？　じゃあ遠慮なく」

苦し紛れにそう言うと、後ろから返事と共に衣擦《きぬず》れの音が聞こえてきた。

それから、どれぐらい後ろを向いていたらいいんだろうと悩んでいると、突然しなやかな腕が伸びてきて後ろから私を拘束した。

「うえぇぇ⁉」

思わず裏返った声があがる。

どうにか抗《あらが》って振り向くと、セリーヌの顔が驚くほど間近にあった。

「なんだ？　俺の着替えが見たかったんじゃなかったのか？」

そう言って、彼は中世的なその顔にいかにも意地の悪い笑みを浮かべている。

そうしていると、今度は女性には全く見えなくなるのだから不思議なものだ。

それにしても、この体勢は非常に困る。なにせよく見たら、セリーヌは上着を脱いだ半裸状態なのだ。

すると制服越しに感じられる彼の体温が妙に恥ずかしいもののように感じられて、私は一刻も早く逃げ出したくなった。

なにせゲームの中では見慣れた美貌でも、実際に触れあったことなどない相手である。手当ての時には多少触れられたが、そんなもの比較にもならない。

「い、いいから離してください！　汗臭いです！」

「なんだとー？　言うに事欠いて汗臭いとはなんだ。美姫と名高いこのセリーヌ様を」

そう言いつつも、彼の非難の声にはこの状況を面白がる要素が多大に混じっていた。

「こういうことはアイリスさんにしてくださいよ」

この状況から逃げたいあまりに、私は思わずそう口にしていた。

「アイリス？　なんであんな鬱陶《うっとう》しい女にそんなことしなくちゃならないんだ」

本気で不思議に思ったらしく、セリーヌが私の顔を覗き込んでくる。

そのあまりの近さに、私は顔から湯気が出そうだった。精神年齢三十超えといっても、特に経験豊富というわけではない。むしろこんな中世的なイケメンに接近されたら、経験豊富だろうが何だろうが動揺して当然だと思う。

どうにか抜け出そうともがいていたら、ノックもなく先ほどセリーヌが入ってきた扉が開かれた。

「お、お前たちは何をしている⁉」

間《ま》の悪いことに、入ってきたのはジョシュアだ。

彼は随分驚いているようで、目を真ん丸にしている。

だがそれよりも私は、彼が扉を開けっぱなしにしていることに慌てた。なにせここには、半裸姿のセリーヌがいるのだ。誰かにこの姿を見られでもしたら、とてつもなく厄介なことになる。

「それよりも早く扉を閉めてくださいませ！」

私の悲鳴に、ジョシュアが慌てて扉を閉める。

そして静まり返った生徒会室の中には、気まずい空気が流れた。

「なんだ。随分と初心《うぶ》だな？　ジョシュア・ユースグラット」

成り行きを見守っていたらしいセリーヌが、からかうように言った。

勿論彼の腕は、私の体を拘束したままである。

その腕を見て、私は彼が意外に着やせするタイプだというどうでもいいことを知った。

「い、いいから離れろ！」

ジョシュアがそんなセリーヌに反抗するように、無理やり私たちを引き剥がす。

おかげで少し私の首が絞まり、喉奥から押しつぶされた蛙《かえる》のような声が出た。

「まったく。悪ふざけが過ぎますわ」

蛙の鳴き声を誤魔化すように、私はセリーヌを睨みつけた。

彼は一向に反省する様子もなく、ただ実力行使に出たジョシュアをにやにやしながら見つめている。

「あらあら、随分と乱暴なことをするではありませんか」

半裸のまま腕を組んで立っているセリーヌに、私はため息をついた。

「とりあえず、服を着てください。そのままだと風邪をひきますよ。ジョシュア様も落ち着いて。話はそれからです」

事態を収拾するため、私は声を張り上げ指示を出した。

そして、三人分のお茶を淹れるべく使用人部屋に向かう。

それにしても、自分で提案しておいてなんだが、セリーヌが生徒会に入るとなるとこれからのことが段々不安になってきた。

女性姿の時は完璧な淑女を演じられるくせに、どうして男だと認知された途端あんな悪戯小僧になってしまうのか。

ゲームの中では主人公相手に多少ふざける場面は見られたが、まさか私相手でもそのおふざけっぷりが発揮されるとは思っていなかった。

どう言えば彼が言動を改めてくれるだろうかと考えつつ生徒会室に戻ると、そこでは制服に着替えたセリーヌが相変わらず意地悪そうな笑みを浮かべてジョシュアと睨み合っていた。

「いつまでも突っ立っていないで、座ったらどうですか？」

自分で思っていたよりも、とげとげしい声がでた。

どうやら自分で思っている以上に、私は苛立っているようだ。

大体、今日はいつもよりも多く仕事を片付けるつもりで補習を休んできたというのに、さっきからちっとも仕事が進んでいない。

私は言われるがままソファで向かい合う二人にお茶を給仕すると、トレイに自分のお茶を残したまま自分用の執務机に向かった。

「おい、一緒に飲まないのか？」

セリーヌが不思議そうに言う。

「誰かさんのおかげで、仕事が全く進んでいませんので」

「まったく。これでも一応、俺は隣国の王族なんだがな」

「あら、敬ってもらいたいのなら、態度で尊敬を勝ち取っていただけると助かりますわ」

冷たく返事をすると、彼は黙って肩をすくめた。

「それよりも……」

するとそれまで黙って私たちのやり取りを見ていたジョシュアが、怒りに肩を震わせながら口を開いた。

「君たちは、この神聖なる生徒会室で何をしていたんだっ。まさか……不純な行為をしようとしていたんじゃないだろうな」

まさかこんな疑いをかけられるとは思わず、私は先ほどまで舌戦を繰り広げていたセリーヌと顔を見合わせた。

確かに生徒会室でふざけていたのは問題だが、まさかそんなことを疑われるとは思ってもいなかった。

だとしたら、私はジョシュアからそんなことをしそうな人間だと思われていたということだ。最近少し打ち解けてきたと思っていただけに、ジョシュアの言葉はショックだった。

「おいおい、俺にだって選ぶ権利があるぞ」

呆れたようなセリーヌの反論に若干イラついたが、彼がはっきり否定してくれて少しほっとした。

ここでまたふざけられたら、余計に拗《こじ》れてしまいかねない。

「あら、それはこっちのセリフですわ」

書類に目をやりながら口だけで言い返すと、セリーヌがおかしそうに笑ったのがわかった。

「全く。俺の魅力がわからないとはかわいそうな女だ」

「スカート姿でよくそんなことが言えますわね。セリーヌ様はご自分の立場がわかっていらっしゃるんでしょうか？」

「わかっているとも。だからこうして大人しく生徒会室で着替えているんだろう。まったくあの娘さえいなければ……」

あの娘というのは、彼を付け回していたというアイリスのことだろう。それにしても、セリーヌを付け回しジョシュアにクッキーを渡そうとし、なおかつウィルフレッドと親密になろうとする。人のことを言えた義理ではないが、そんなに色々なことを同時にやろうとするなんて、忙しくないのかと思う。

せっかくヒロインに生まれたのだから、誰か一人を決めて攻略方法に沿って対応すれば、それで彼女は幸せな未来を手に入れられるはずなのだ。

まあだからといってウィルフレッドかジョシュアに狙いを定められると、私に没落の危険が及ぶので遠慮願いたいのだが。

とことん彼女とはわかり合えないなと自分の考えに耽っていたら、耐えかねたらしいジョシュアが立ち上がりそして言った。

「じゃ……邪魔をしてすまない！」

彼はそう宣言すると、入ってきた扉を開けて部屋から飛び出してしまった。

「何だあれ？」

「さあ……？」

残された私とセリーヌは互いに顔を見合わせ、首をかしげたのだった。

◇　◇　◇

私は現在、走り去ってしまったジョシュアを探して人気のない学校内をさ迷い歩いている。

別に探すほどのことでもないだろうと思うのだが、セリーヌが誤解を解いてやれというので仕方なくだ。

それならば暇なセリーヌが探しに行けばいいと言ったのだが、仮にも王族を顎で使う気かと脅されてしまった。私には片付けなければいけない仕事があるというのに、まったくいい迷惑である。

代わりに仕事を進めておいてくれるとは言っていたが、本当にやっているかどうかはあやしいものだと思っている。

なにせ温室で正体を目にして以来、彼は隙あらばこちらをからかおうとしてくるからだ。男だとばれているからと開き直っているのかもしれないが、仕事に支障をきたすほどとなると対策も考えねばなるまい。そもそも彼の態度は、弱みを握られている人間のそれではないと思う。

「ジョシュア様ー？」

生徒が帰った後の校舎は恐ろしいほどに静かだ。

元が離宮という歴史ある建物なので、彫刻なども飾られているため肝試しにはぴったりである。

さっさとジョシュアを見つけて仕事に戻りたいと思いながら回廊を歩いていると、曲がり角の向こうで何かが動いたような気がした。

こんなところにいたのかと速足で角を曲がる。

すると思ってもみない光景を目撃してしまい、私は慌てて元来た廊下の角に引っ込んだ。

「ずっとこうしたかった……」

なんとそこでは、ジョシュアとアイリスが人目を避けて抱き合っていたのだった。

いや、人目を避けてと言っても所詮通路の途中である。こんなところで仕事もせずに何をしているんだと、呆れと共に怒りが湧いてくる。

「悪いが離してくれないか？」

すると、アイリスの情熱的な様子とは対照的に、ジョシュアはひどく平坦な声で言った。

冷たいなあと思いつつ、私は角からそうっと身を乗り出し、改めて二人の様子を盗み見る。

アイリスの手は絶対に離さないとばかりに、ジョシュアの腰に回っていた。一方ジョシュアの方は、戸惑った様子で体を逸らせ両手も宙をさまよっている。

ようやく目にした大好きなゲームのヒロインであるアイリスと攻略対象キャラのラブシーンなの

に、私はちっともテンションが上がらなかった。

それは私が悪役令嬢の取り巻きポジションだからか、それともアイリスの本性を知ってしまったからか、その理由はわからないが。

なんだかとても馬鹿らしい気持ちになり、私は元来た廊下を戻ろうとする。

セリーヌには、ジョシュアは見つからなかったとでも言えばいいだろう。

だが、さっさと戻ろうと身をひるがえしたのがいけなかった。


「待て！」

静かな回廊に、ジョシュアの声が響く。

血の気が引いた。そっと角から二人をのぞくと、彼らの目は明らかにこちらを向いている。

どうやら踵《きびす》を返した時に、こちらの存在を気取《けど》られてしまったらしい。

「待ってくれ。そこに誰かいるんだろう？」

ジョシュアは心底困っているらしく、いつもの彼らしくない弱々しい声で言った。

さすがにそのまま立ち去るわけにもいかず、私は角から彼らの前に足を踏み出した。

「申し訳ありません。お邪魔をするつもりはなかったのですが……」

視線で人が殺せるなら、間違いなく私は殺されていたことだろう。

私の存在に気付いたアイリスの眼光は、それほどまでに鋭いものだった。

一方でジョシュアは、さも助かったとでも言いたげにアイリスの手を振りほどき、こちらに近寄ってくる。

「すまない。まだ仕事の途中だったな」

「ジョシュア様。待ってください」

私への視線の鋭さとは対照的に、アイリスが頼りなさげな細い声で懇願《こんがん》する。

しかしジョシュアは一秒でも早くこの場から離れたいのか、彼女を振り返ることすらしなかった。

そして彼は私の腕を掴むと、私が元来た廊下を戻り始める。

私はその力の強さに痛みを覚えたが、不満を訴えることなどできなかった。それはアイリスがまるで別人のごとき形相で、爪を噛みながらじっと私を睨みつけていたからだ。そのあまりの異様さに背筋が凍り、私は言葉を失っていたのだった。

そのまましばらくは、どちらも口を開くこともなく黙々と廊下を歩く。

だが手を握るジョシュアの力があまりに強いので、いつまでも口を閉じているわけにはいかなくなってしまった。

「あの、もう手を離していただいてもよろしいですか？」

そう尋ねると、ジョシュアが慌てて私の手を振り払う。

振り返った彼はひどく動揺していて、どうやら私の手を掴んでいたことすら忘れていたらしい。

これはそっとしておいた方がいいなと思ったので、私は彼を非難することもなく黙って彼の後ろを歩き続けた。

二人とも黙っているからか、生徒会室までの距離がひどく長く感じられる。

それからどれくらい黙り込んでいたのか、沈黙に耐えかねたようにジョシュアが口を開いた。

「すまなかったな」

まさか謝られるとは思っていなかったので、驚いて彼を見上げた。

ジョシュアは足を止めて振り向くと、ひどく辛そうな顔で私を見下ろす。どうしてそんな顔をしているのか、私は彼の表情の意味を読み取ることができずにいた。

「それは……手を掴んだことがですか？　それとも、生徒会室を飛び出して行ってしまったことですか？」

我ながら意地の悪い質問だと思ったが、尋ねなければわからないのだから仕方ない。

ジョシュアは少し考え込むように目を伏せると、何かを思いきるように私の目を見た。

濃紺の瞳は、薄暗い廊下では深い漆黒《しっこく》と変わらない。日本では見慣れた色だが、その明らかに日本人離れした容姿のせいで妙に神秘的に見える。

「君たちの交際を、認めないと言ったことだ」

ジョシュアの答えは、思ってもみないものだった。

そして私が否定する前に、ジョシュアは矢継ぎ早に言葉を付け足した。

「君たちの関係に、どうこう言う資格は俺にはない。セリーヌは難しい立場だが、そのことはきっとウィルと俺がどうにかする。君は生徒会にはなくてはならない人だ。俺も殿下も、君が望むなら

「喜んで協力しよう」

喜んでと言う割に、彼の眉間には深い皺が寄っていた。

面倒なことになったと思っているのかもしれないが、それはこちらも一緒である。

どうしてジョシュアの目には、セリーヌと私がそんな関係に見えたのだろうか。

そりゃあ仲が悪いとは言わないが、だからといって隣国の王子と私では家格が違いすぎるし、なにより私は将来自分の力で身を立てたいのである。なので恋愛関係にうつつを抜かしている余裕はない。

まず何から説明すべきかと大きくため息をつくと、ジョシュアはびくりと体を震わせた。

一体何にそんなに怯えているのだろう。彼はこの上なく優秀な頭のいい人だが、逆に頭がよすぎて私には彼の考えが全く理解できなかった。

「あのですね……」

盛り上がっているところ申し訳ないがあれは悪ふざけでした。

そう伝えようとしたのだが、ジョシュアはまるで逃げるように廊下を走って行ってしまった。

残された私は唖然として一人その場に立ちすくむ。

今日はやけにジョシュアに逃げられる日だ。

「全く。何だって言うのよ……」

呆れと気疲れを感じつつも、そのまま立ち尽くしているわけにもいかず私は足を進めた。

生徒会室では、セリーヌが私の机に向かい書類を読んでいた。

どうやら少しは反省したようで、大人しく仕事を手伝う気になってくれたようである。

だが部屋の中には彼一人で、先に戻ったはずのジョシュアの姿が見当たらない。

「ジョシュアなら、駆け込んできたと思ったら書類を抱えて飛び出していったぞ」

視線で私が彼を探していると悟ったのか、セリーヌは開口一番でそう言った。

「いやはやそれにしても、君たちは面白いな。これなら生徒会役員とやらも悪くない」

そして書類から目を離さないまま、こんなことを言う。

騒動の元凶だというのに、彼の声音《こわね》からは未だに楽しそうな様子が察せられた。

「反省しているのなら、最後まで態度で示してくださいませんか？　おかげで仕事がちっとも進みません」

「だからこうして手伝っているじゃないか」

と、セリーヌはにべもない。

そして彼は、くすくすと可憐《かれん》な顔をして笑った。

「ジョシュアのやつ、ひどく慌てていたぞ。一体何があったんだ？」

セリーヌの問いに私は黙り込んだ。一体何があったのか、こちらが教えてほしいぐらいである。

「よくわかりませんわ。急に怒ったかと思えば謝ってきたり。わたくし、ジョシュア様はもっと理知的な方かと思っておりました」

先ほど目にしたアイリスと抱き合っていたジョシュアの姿を思い出し、妙に腹立たしくなった私はフンと鼻を鳴らした。

するとどうにか体裁を取り繕っていたセリーヌが、堪らないとでも言いたげにゲラゲラ笑いだす。

「ははは、無自覚なのはどちらも大差がないじゃないか！」

何を言っているんだかと思いつつ、その日は気持ちを切り替えてきぱきと仕事を片付けた。本当はジョシュアに確認してほしい案件があったのだが、仕方がないので後日に回すしかなさそうだ。

それにしても、このお騒がせなセリーヌに更にエミリアまで加わるとなると、なかなかアクの強い生徒会になりそうだと今から少しだけ気が重くなった。

せめてもの救いは、セリーヌがそのねじ曲がった性格に反して非常に有能だったことだろうか。

彼のおかげで遅れていた仕事も無事その日のうちに終わったことを、ここに明記しておく。

ちなみにそれ以来、毎日のように顔を合わせていたジョシュアと会う機会がめっきりなくなってしまった。

彼は私を避けているのか、私が補習を受けている間に生徒会室に仕事を取りに来ては、自宅で仕事をするようになったらしい。

別にそれが悪いわけではないが、誤解を解く機会を失った私はなんだかすっきりしない気持ちだった。

仕方ないのでジョシュアとの連絡は一緒に暮らしているエミリアに任せ、私はセリーヌとエミリアに生徒会の仕事を教えながら日々を過ごした。

そして学校のことにばかり気を取られていた私に、予想だにしない出来事が起こった。

アイリスを怒らせた代償が、まさか思いもよらない形で自分に降りかかることになろうとは――

……。

第六章　裏切りと代償

その日もいつものように疲れて帰宅すると、マチルダが満面の笑みで出迎えてくれた。

「お帰りなさいませ。お嬢様」

「ただいま。マチルダ」

本来なら彼女に手伝ってもらって晩餐用のドレスに着替えなければいけないところだが、私は簡素なワンピースに袖を通し晩御飯も部屋に運び入れてもらった。

ミセス・メルバが見れば怒りの雨を降らせるに違いないが、私としては家に帰ってまでどうしておしゃれ着に着替えなければいけないのかが謎である。他家にお呼ばれでもしたのならわからないでもないが、実家での晩御飯ぐらい普段着でのんびりと食べたい。

「今日もお父上にお会いにならないおつもりですか？」

そんな私に、マチルダは渋い顔をした。

「お会いしても、どうせご機嫌を損ねるだけだもの」

これは本当のことだ。父である伯爵は、顔を見ればいつも私を叱りつけてくる。

それでも私の明らかな過失なら叱られても仕方ないと思えるが、その怒りの内容は日によって異なることが多く、それも言いがかりめいたどうでもいい内容ばかりなのだ。

なので最近では、なんだかんだ理由をつけて部屋で晩御飯を食べることが多かった。

本当はマチルダや他のメイドたちと食卓を囲みたいが、身分の違いによりそれは認められないらしい。

あまり我を通すのもどうかと思うので、その辺りは我慢しているというのが本当のところである。

もともと一人暮らしだったので一人の食事には慣れているが、食事の様子をじっと見られているというのもなんとなく落ち着かないものだ。

「今日は〝かだい〟とやらはお持ちではないのですか？」

食事を終えると、私は早々に就寝の準備に入った。

いつもなら机に向かって一心不乱に課題か、もしくは生徒会の仕事を片付けている時間なので、マチルダが不思議そうな顔をする。

「ああ、今日は学校で終わったので持ってこなかったの。いつもこうだといいのだけれど」

セリーヌのおかげで仕事の方は一定の目途が付いたが、あまり補習を休んでいるとまたすぐに成績が下がりそうなので、気が抜けない。

最近はエミリアやその取り巻き、それにセリーヌの取り巻きたちも参加しているということで、ミセス・メルバの特別授業の人口密度はすごいのである。

好意で私的な時間を提供してくれているミセス・メルバにはさすがに申し訳ないので、近々生徒会を通じて慰労なり新しい先生を外部から招聘《しょうへい》するなりできればいいと思っている。

まあそれも、生徒会の五人体制が安定してからにはなるのだろうが。

「そういえば、安眠効果のあるお茶などはいかがですか？　最近お忙しそうでしたので、特別に取り寄せてみたのですが……」

どうやらマチルダは、私が睡眠時間を削って忙しくしているのを気にかけていてくれたらしい。

その優しさに感動しながら、ありがたくそのお茶をいただくことにした。

効果があるようなら、生徒会のメンバーに差し入れしてもいいかもしれない。

ジョシュアの凝り固まった頭にも、効果があるといいのだけれど。

「ありがとう。いただくわ」

笑顔で頷くと、マチルダはどこかほっとしたようにお茶の準備を始めた。

まるであらかじめ用意してあったかのようにあっという間に準備が整い、湯気のくゆるカップがテーブルに置かれる。

それは私が見様見真似で淹れるお茶と違い、とてもかぐわしい香りがした。

ジョシュアやセリーヌは、もっと高級なお茶を、それも家事のプロたちに淹れてもらっているのだから、さぞ私のお茶を物足りなく感じたに違いない。

それでも不満を言うことなく飲んではくれるのだから、基本的にはいい人たちなのだと思うのだが。

そんなことを考えていると、私の顔は無意識に苦い笑みを形づくっていたらしい。

「どうかなさいましたか?」

自分の出したお茶が何か問題なのかと心配になったのだろう。

不安そうなマチルダに尋ねられた。

私は彼女の不安を払拭《ふっしょく》しようと、首を左右に振って否定する。

「なんでもないの。おいしそうなお茶だと思っただけ」

そう言うと、私は華奢なカップにそっと口をつけた。

すると、かぐわしい香りに反して、お茶にはまるで脳に突き刺さるような苦みがあった。

「なに、これ……」

慌ててカップから口を離すが、まさか淑女が一度飲んだものを吐き出すわけにはいかない。

なんとか気合で飲み込むと、私はマチルダの顔を見た。

相変わらず、彼女は心配そうな顔でこちらを見ている。これがこのお茶の特性なのか、それともマチルダがなにか手順を間違ったのか、それはようとして窺い知ることができなかった。

「どうかなさいましたか」

素直にまずいと口にするのを躊躇っていると、早速安眠効果が現れたのか、意識が遠のいてきた。

「お嬢さま?」

さすがにこのまま眠ってしまうのはまずいと思ったが、まとわりつくような眠気に抗うことができない。

そして私は、そのまま深い眠りに飲み込まれていった。

最後に見たマチルダのひきつった笑みだけが、なぜだか脳裏に焼き付いていた。

◇ ◇ ◇

ぐわんぐわんという、不快な眩暈と吐き気を覚えながら目が覚めた。

私を中心に世界がぐるぐる回っているような気がする。少しして、それは眩暈と共に体が揺れているからだと気が付いた。

「ここは……？」

自室にいたはずなのに、私がいる場所はどうやら自宅ではないようだった。

カポカポと馬の蹄《ひづめ》の音がする。どうやら馬車に乗せられているらしい。

だがいつも通学に使っているような人を運ぶための布張りの座席が付いた馬車ではなく、荷物を運ぶための荷台が付いた馬車のようだ。

板の上に横たえられた体はひどく痛んで、眩暈と共に私を苛《さいな》んだ。

吐き気をこらえながらなんとか体を起こそうと四苦八苦していると、突然馬車が止まったのに驚いて私は板の上を転がることになった。

ちょうどうつ伏せになったところで、馬車を走らせていたらしい何者かが荷台を覗いている気配がした。

受け身もろくに取れなかったせいで体の節々が痛んだが、なんとなく起きていると悟られてはいけないと思い咄嗟に気を失っているふりをする。

「お嬢様、もう少しですからね……」

聞こえてきたのは、マチルダの切羽詰《せっぱつ》まったような声だった。

驚きのあまり、体を起こしてしまいそうになる。

だが彼女の他にも人の気配がしたので、私はもうしばらく気を失ったふりをしておくことにした。

「ほら、早くお嬢様を下ろして！」

「へい」

一緒にいるのは、どうやら男性らしい。

マチルダが命令しているところを見ると、屋敷の下働きだろうか。

男はまるで私の体を荷物のように担ぎ上げ、馬車から降りた。お腹に体重がかかって辛かったが、どうにか気絶しているふりを続行する。

それにしても、どうしてマチルダはこんな夜更けに私を連れ出すような真似をしたのだろうか。

まだ前世の記憶を取り戻す前から、彼女だけは味方だと思っていただけに私はショックだった。

「お嬢様。あと少しの辛抱ですからね。必ずその身に巣くう悪魔を私が追い払ってみせますから」

私を担ぐ男に続きながら、マチルダはぶつぶつとそんなことを呟いていた。

どうやら彼女は、私が悪魔に取り憑《つ》かれていると思っているらしい。お茶を勧められている時にはそんな様子は微塵《みじん》もなかったので、もはや驚きすぎてどう反応していいかもわからなかった。

そもそも、『星の迷い子』は悪魔が出てくるようなゲームではないのだ。なのにどうして悪魔憑きの疑いをかけられた上に、こんな風に荷物のように運ばれなければならないのだろうか。

腹圧に耐えつつ成り行きを窺っていると、どこかの建物についたらしくマチルダが下働きを追い抜かし建て付けの悪そうな扉を開ける音がした。

建物の中は、どうやらろうそくが灯されているらしい。瞼《まぶた》の裏にほんのりと橙の光が灯った。

薄眼を開けて確認しようとするが、見えるのは男の着ているベストの縫い目だけ。

「いらっしゃい。ちゃんと連れてきてくれたのね」

新たな第三者の声がして、私は耳を疑った。

それは、その蜜を垂らすような甘い声に聞き覚えがあったからだ。

「アイリス様！　これでお嬢様に取り憑いた悪魔を払っていただけますか⁉」

マチルダの必死な声が耳に刺さる。

どうやら彼女は、アイリスに唆されて私をここまで連れてきたようだ。

私はマチルダに対する失望を抑えきれなかった。

彼女が淹れたお茶を飲んで突然眠り込んでしまったのも、きっとここに連れてくるために何か薬を盛ったからに違いないのだ。先ほどから感じている眩暈や吐き気は、おそらくその副作用だろう。

アイリスがどうやってマチルダと接触したのかはわからないが、どうやら彼女がアイリスを信じ切っているのは間違いないようだった。

アイリスの指示で、私の体はひんやりとした石の台の上に横たえられる。

起き上がって何をするんだと叫びたかったが、薬の作用はまだ続いていて起き上がったところで抵抗したり逃げ出すことはできそうになかった。

まさかアイリスも、いくら私が憎いからといっていきなり殺そうとはしないはずだ。

少なくともマチルダの手前、私の体に傷をつけるようなことはないと信じたかった。

だが、彼女の目的が読み切れないのもまた、事実だった。

明日になれば、私の不在がばれてひと悶着《もんちゃく》あるのは目に見えている。それに私が姿を消したからといって、別にウィルフレッドやジョシュアが彼女に靡《なび》くということにはならないだろう。どれだけ考えても、私は彼女がこんなことをした意図を理解することができなかった。

「うーん。どうやら私が思っていた以上に、シャーロット様には力の強い悪魔が取り憑いているようです」

アイリスはわざとらしいほど真剣な口調で、マチルダの不安をあおるように言った。近くで息を呑む音がする。

「彼女を元に戻すには、俗世から離してしばらくこの教会で身を清めていただかなくてはなりません」

「そ、そんな……ですが今日中に戻らないと」

「力が足らず申し訳ありません。ですが今この悪魔を払わなければ、シャーロット様は未来永劫《えいごう》元に戻ることはないでしょう」

厳かに言うアイリスに、私は唾《つば》を吐きたくなった。

なにが悪魔だと思うが、悲しいかな、マチルダはアイリスの言うことを信じ切っているようだ。

「わ、わかりました。屋敷に戻って何とかお嬢様の不在を誤魔化してみます」

真剣なマチルダの声音に、私は泣きたくなった。いつから彼女は、私が悪魔に取り憑かれているなんて疑いを持つようになったのだろう。前世の記憶を取り戻して今までと性格が変わった自覚はあるが、それでも私は私である。前世の記憶を取り戻す前の、彼女と姉妹のように育った記憶だって、私にはちゃんとあるというのに。

ひどい無力感を覚えながら、私は冷たい石の上に横たわっていた。

少しして、マチルダと下働きが私の不在を誤魔化すために屋敷へ帰っていくのがわかった。

こうして私は、なんちゃって悪魔祓《ばら》いのアイリスと、二人きりで取り残されることになったのだ。

◇ ◇ ◇

「さぁて」

マチルダを追い返したアイリスが、こちらを向く気配がした。

今すぐに目を開けて、彼女を非難すべきだろうか。

近くに彼女以外の気配はない。だが、使われた薬の副作用は相変わらずで、目を開けたところでアイリスの隙をついて逃げることはとてもできなそうだった。

だが、そんな私の迷いをあざ笑うように、アイリスは言った。

「そろそろ目を覚ましたら？　シャーロット・ルインスキー」

私は迷った。

彼女の言葉が、私が起きているか確かめるためのブラフである可能性もある。

しばらくそのまま目を閉じていると、突然鋭い風切り音が響いた。


――パシン。


頬に鋭い痛みが走り、反射的に目を開いてしまった。

私の顔を覗き込んでいたアイリスと目が合う。

彼女の顔には、なんとも形容しがたい嗜虐的《しぎゃくてき》な笑みが浮かんでいた。

「やっぱり寝たふりだったのね」

その言葉を聞いた瞬間、私の心は決まった。

たとえ何があろうとも、彼女に気持ちで屈してはいけないと。

その侮蔑《ぶべつ》もあらわな視線からは、彼女が自分の下だと思う人間をとことんいたぶる類《たぐい》の人間だということが透けて見えた。

頬をぶたれたことで少し意識がはっきりしたことに、私は感謝した。

「こんなところに私を連れてこさせて、一体どうするつもりですか？」

じろりと睨みつけると、アイリスがつまらなそうな顔をする。

黙り込んだ彼女は放っておいて、私は周囲からできるだけ情報を得ることにした。

ろうそくの薄ぼんやりとした明かりに照らされているのは、見たことのない建物だ。

隙間風が入ってくるのかぴゅうぴゅうと音が鳴り、そのせいで炎が揺れて明かりもなかなか安定しない。

どうやら天井の高い木造の建物のようで、私が乗せられている石の台座はまるで祭壇のようになっていた。

だだっぴろい空間に参列者のための席がずらりと並ぶ。

どうやらここは、教会のような建物であるらしい。

と、そこまで観察したところで、アイリスは私のもう片方の頬を打って言った。

「無視してんじゃないわよ」

笑みをなくしたアイリスの目は完全に据わっている。

静かな殺意を感じ、私は彼女に悟られないように小さく息を呑んだ。

「ほんと、信じられない図太さよね？　脇役のくせにウィルフレッドやジョシュアに近づくなんて。果てにはセリーヌまで生徒会に入っちゃうし、どこまで私の邪魔をすれば気が済むの？」

別に望んで彼らに近づいたわけではないが、どう言い返したところできっと彼女は納得しないのだろう。

口にしたことで改めて苛立ちを覚えたようで、彼女は私に馬乗りになり更に頬を打った。

パチンパチンと、高い天井に連続して頬を打つ音が響く。

一回打たれるごとに、私は脳がぐらぐらと揺れる不快感を味わった。

一回一回の力はそう強いものではないが、積み重ねられるうちに頬がまるで炎にあぶられているかのような熱を持つ。

アイリスも同様に手のひらに痛みを覚えたのか、彼女は頬を打つのをやめ肩で荒々しい息をついた。

「邪魔なのよ。あんたさえ、あんたさえいなければ……っ」

別に私がいなかったとしても、アイリスは攻略対象たちとゲーム通り幸せな結末を手にできるとは、とても思えなかった。

なぜなら私は、生徒会への投書で彼女が普段どのような態度を取っていたのかを知っている。セリーヌを追いかけまわしたり、ジョシュアにクッキーを押し付けたりと、実際に目にしたり耳にした彼女の行いもまた、決して褒められるようなものではなかった。

彼女の言動からは、徹底的に他者に対するいたわりが欠けている。

なのに全身から一方的に『愛してほしい』と叫んでいる彼女は、この世界の人々と決して対等に関わる気がないのだろうと思った。

幸か不幸か頬を打たれ続けた影響で、そんなことを口にする元気もなくなっていたが。

これからアイリスは一体どうするつもりなのだろうと、私はぼんやりと彼女を見上げた。

「あははは！　あーはは、はははははっ」

するると唐突に、彼女は笑い始めた。

愛らしいピンク色の髪は憐れなほどに乱れ、新緑色の瞳は欲に塗《まみ》れて濁っている。

彼女の方こそ、悪魔に魅入られているのではないかという気すらした。

ぞわぞわと、収まらない寒気が背筋を駆け抜ける。

彼女は私に馬乗りになったままひとしきり笑うと、まるで地上に投げ出された魚のように不器用な呼吸を繰り返しながら、肩を震わせて言った。

「でもそれも、今日で終わりよ」

アイリスの瞳は、圧倒的な優位に酔いしれていた。

彼女は私の上から降りると、まだ笑い足りないとばかりに目尻を拭う。

「あんたが飲んだ薬はね、覚醒こそ早いけれど丸一日は体の自由を奪う薬なの。手に入れるのに苦労したのよ」

どうりで、さっきからちっとも動けないはずだ。

それにしても、どうして今更そんなことを説明しだしたのか。

彼女の勝ち誇った顔を見ていると、嫌な予感しか感じられない。彼女の復讐がこれで終わりならどんなにいいか。

私はエミリアやセリーヌに呼び出されたことなど、これに比べれば嫌がらせでも何でもなかったなと場違いな感慨を抱いた。

「だからね、あんたはせいぜい苦しんで死になさい」

アイリスはそう言うと、胸元からマッチの箱を取り出した。

「なにを……」

気を張っていても、隠している恐れが伝わったのか、アイリスは飛び切りの笑みを浮かべた。

「私を馬鹿にしてばかりいる、頭のいいあなたなら見てわかるでしょ？　この教会と一緒に、あんたを燃やしてやるのよ」

彼女のあまりに残忍なたくらみに、絶句する。

アイリスは薬によって私の体の自由を奪い、その上で建物に火をつけようというのだから。

私は力を振り絞り、彼女からマッチを奪おうとした。

だが腕はのろのろとしか動かず、アイリスは簡単に私の力ない手を振り払う。

「ふふ、動けるだけ褒めてあげる。でもあんたはもう終わりよ」

そう言うと、アイリスは建物の隅に集めてあった木屑《きくず》の山に火をつけた。

どうやら最初から火種として利用するために、燃えそうなものを集めておいたらしい。

パチパチという火のはぜる音がして、私はマッチの火がその火種に燃え移ったことを知った。

「それじゃあ最後の時間を楽しんでね」

そう言って、アイリスは笑いながら建物を出ていった。

私は何とか起き上がろうとするが、まるで体を動かすための神経が寸断されているのではと思えるほど、ぴくりとも動くことができなかった。

そうこうしている間に何かが焦げる臭いにおいが鼻をつくようになり、パチパチという音もどんどん大きくなっている。

首を起こして火種を見れば、燻《くすぶ》っていた炎が小さな焚火となって姿を現しているのが見えた。

白い煙がもくもくと上がり、私の焦りをより一層煽《あお》り立てる。

火事で死ぬ人は炎ではなく煙に巻かれて一酸化炭素中毒で死ぬのだという、前世の知識が脳裏をよぎった。

幸い今のところそれほど煙は吸っていないが、身動きができないのだからそれも時間の問題だろう。

炎は隙間風に煽られどんどん勢いを増し、その赤い舌で朽ちかけた教会の壁をちろちろと舐《な》めている。

確実な死の予感が、横たわる私ににじり寄る。

これならば、自覚する暇もないほど一瞬で死ぬことができた前世の転落死の方が、いくらかましだったかもしれない。

まるでカウントダウンのように自分の寿命が縮まっていく現状は、どんなに気持ちを強く持とうとしても絶望で胸がつぶれそうになる。

こんな結末を迎えるくらいならば、シナリオ通り没落していた方がよかったのだろうか。

アイリスの目につかないようエミリアの取り巻きを続け、そしてエミリアの悪事から目を逸らして共に断罪されればよかったのだろうか。

だが、いくら絶望に打ちひしがれても、自分の努力を無駄だと思いたくはなかった。

確かにその努力によってマチルダの疑念を買い、こんなところに連れてこられたのかもしれない。けれど、それでも私が何も成せなかったわけじゃない。

エミリアは悪役令嬢ではなく正統派の令嬢への道を進み始めたし、セリーヌだって将来的に姿を消さなくても、ウィルフレッド殿下のお力添えがあれば別の方法で身を立てることができるはずだ。

たとえ私が死んだとしても、きっと何もかもがアイリスの思い通りになるということはない。そもそも彼女のやり方では、誰も幸せにならない。彼女の思い通りの世界なんて、まっぴらごめんだ。

そのことをほんの少しだけ小気味よく思いながら、私は煙を吸い込んで咳き込んだ。

教会の中はどんどん煙の濃度が高まりつつある。煙は高い場所に集まる性質があるので寝かされている私はまだそれほど煙を吸ってはいなかった。

だがそれも苦しむ時間が余計に長引くだけのような気がして、それほど喜べたことでもないが。

こうしている間にも炎は確実に燃え広がり、火種があった場所に大きな火柱が立ち上がり始めていた。

私は次はどんな場所に転生するのだろうと現実逃避しながら、せめて恐怖に支配されないよう心を強く持とうとしていた。

◆ ◆ ◆

「ジョシュア様！」

焦った声で名を呼ばれ、馬車に揺られながら物思いに耽っていた青年は我に返った。父に命じられて出席した夜会を、これでも早めに切り上げてきたのだ。

「なんだ。騒々しい」

考え事を中断されたジョシュアは不機嫌であった。

そもそも、シャーロットと顔を合わせることがなくなったここ数日、彼はいささか情緒が不安定気味である。

彼女を初めて個人として認識したのは、公爵家の夜会で彼女が階段から転がり落ちた時だった。その時は騒ぎを起こした娘が直前まで敬愛する王子の後をつけていたと知って、怒りを覚えた。

だが、怪我人を目覚めた途端に叱責するのはさすがにやりすぎだったと、今ではジョシュアも反省している。

その後、ミセス・メルバの口利きで生徒会を手伝うことになった彼女は、想像していたような人物とはまるで違っていた。

何をやらせても優秀でそつがなく、なにより冷静だった。他の生徒会役員希望者がそうであったようにジョシュアやウィルフレッドに付き纏うようなことは全くなく、むしろ騒ぎを起こしたくないからと接触を嫌がっているようにすら感じられた。今まで女性にそんな態度を取られたことのないジョシュアには、その態度がとても新鮮に感じられたのだ。

というわけで試しに自分が抱えていた仕事の内のいくらかを彼女に割り振ってみたところ、彼女は涼しい顔で予想以上の成果を上げてみせた。

ここにきて、将来は政務官を目指しているという触れ込みが真実味を帯びてきた。そう考えるとむしろ、それまでの自分の態度がどれだけ自意識過剰だったかということが思い出され、ジョシュアは落ち着かない気持ちになった。

一緒に生徒会を運営していく人間には恋愛に無関心でいてほしいとあれほど望んでいたはずなの

に、シャーロットが自分を異性として見ていないことがなぜだかひどく残念に思われるのだ。

更に実は男であったセリーヌと親密そうにしていた彼女。

一度男だと思うと、もうセリーヌを女性だと思うことはできなかった。その白い腕がシャーロットの小柄な体を囲っているのを見て、一瞬妬心《としん》で脳裏が焼けた。

それからあとは、転げ落ちるようにシャーロットのことが気になって堪らなくなった。

考え事をしている間に馬車が止まり、御者台からおりた御者が扉をあけ放つ。

「ご覧ください。どうやら火事のようです」

扉の向こうから、人々のざわめきが聞こえた。

そしてその更に向こう。どうやら王都が接する森の方角から、黒灰色の煙がもくもくと立ち昇っているようである。

ジョシュアはすぐに頭を切り替え、もしこれが森を焼く火事であった場合の被害を試算した。

生木は燃えにくいが、一度火がついてしまえばそう簡単に消すことは難しいだろう。更に、民家に燃え広がれば被害は甚大なものとなる。森に近い箇所は新市街にあたり、ほとんどが石造りの旧市街と違って木造の建物も多くあると、ジョシュアは知識として知っていた。

「くそ。厄介だな」

彼は顔を顰めると、御者に扉を閉めるよう指示した。

城では今頃事態を把握して斥候《せっこう》を出している頃だろう。ジョシュアは一刻も早く帰宅して、父親であるユースグラット公爵の指示を仰ぐべきだと判断した。

いくら王子の学友とはいえ、ジョシュア自身は宮廷でまだなんの役職も賜《たまわ》っていない。

だから下手に動けば逆に邪魔になる危険性すらある。

だがその時、ジョシュアは咄嗟にあることを思い出した。それは旧市街の中枢にあるユースグラット公爵家と違って、シャーロットの実家であるルインスキー伯爵家のタウンハウスが新市街に近い場所にあることだった。

だからなにというわけではない。この火事もおそらく伯爵家とは関係ないものだろう。だが、なぜだかジョシュアはシャーロットの無事を確認したくてたまらなくなった。

彼の理性は、一刻も早く公爵家に帰るべきだと叫んでいる。

だがジョシュアは、理性とは全く異なる決断を下していた。

「ルインスキー伯爵家に向かってくれ」

「は?」

一瞬何を言われたかわからないという風に、御者が首をかしげる。

「ルインスキー伯爵家に向かえと言ったんだ! 急げ!」

いつもは冷静な主の怒号に驚き、御者は慌てて馬車の扉を閉めた。

そして再び、馬車が動き出す。

ジョシュアはなぜか嫌な予感を拭うことができず、絨毯の敷かれた床をいらいらと踏み鳴らしたのだった。

◆　◆　◆

「シャーロットがいないだと⁉」

結果判明したのは、シャーロットが寝室から消えているという異常事態だった。

貴族の令嬢が、己の寝室から忽然《こつぜん》と消えるなどただ事ではない。

「それから、傍に仕えていた侍女も姿を消しています」

夜半過ぎに公爵令息の突然の訪問を受けた伯爵家の使用人たちは、大いに狼狽《うろた》えていた。そこに更に伯爵の一人娘が行方不明であると判明したのである。伯爵の屋敷は王都外れの火事も相まって、上を下への大騒ぎとなった。

なお、今この屋敷に主である伯爵はいない。なんでも知り合いの催すパーティーに出かけているらしい。

社交シーズンの貴族の活動時間のほとんどが夜とはいえ、ジョシュアは苛立ちを抑えることができなかった。

ジョシュアは急いで伯爵に使者を走らせると、今度はもしも火事が燃え広がった時に備えて、いつでも貴重品が持ち出せるよう使用人たちに指示した。

慌てふためくだけだった伯爵家の使用人たちは、的確なジョシュアの指示になぜか安堵したような顔で仕事をし始める。

せめても伯爵が戻るまではと応接室に陣取ったジョシュアは、それから少しして動揺した女の悲鳴を耳にした。

「何事だ？」

火事に動揺しているにしては、あまりにも異質な悲鳴だった。

ジョシュアが部屋を出て声のする方へ向かうと、玄関ホールでうずくまった女が泣きながら床を叩いている。

一体何があったのだろうと様子を窺っていると、伯爵家の家令が近づいてきてあの娘がシャーロットの侍女であると告げた。

「教会が火事に……あそこにはお嬢様がいるの！　誰かお嬢様を助けて！」

それは切々とした訴えだった。

あまりにも異様な娘の様子に、近くにいた使用人たちはどうすることもできず立ちすくんでいる。

「シャーロットになにがあった！」

ジョシュアは娘に近づくと、衝動に任せて娘の肩を握った。

シャーロットの侍女は痛みに呻きつつも、まるで救いを求めるようにジョシュアに縋りついた。

「お嬢様が！　火事で！　悪魔が！　ああどうしてこんなことに！」

娘は混乱しており、その話は要領を得ない。

だが火事という単語に、ジョシュアは心胆《しんたん》を寒《さむ》からしめる思いがした。

まさかあの火事の現場近くに、シャーロットがいるというのか。

「どういう意味だ？　シャーロットが危ないのか⁉」

ジョシュアが両肩を掴んで激しく揺さぶると、娘は激しく泣き出した。

そして何かを説明しているようだが、しゃくり上げるばかりでなかなか要領を得ない。

辛抱強く話に耳を傾けると、やがて驚くべきことがわかった。

なんとこの娘は、悪魔に取り憑かれたシャーロットを救うべくアイリスと名乗る悪魔払いの女の元に連れて行ったというのだ。

そしてシャーロットを運び入れた古い教会から、間もなく火の手が上がったと。

事実を知った使用人の中から驚嘆の声が上がった。

だが娘は動揺しきっていて、いくらその教会の場所を聞いてもまともに説明することができない。

他の使用人たちに尋ねても、その教会を知っている者はいなかった。

ジョシュアの焦燥《しょうそう》と苛立ちはますます高まっていった。

もしその教会が火元だとすれば、一刻も早く助け出さねば命に関わる。

まともな相手はいないのかと彼は舌打ちすると、ちょうどその時、外にいた使用人たちが一人のみすぼらしい男を連れてきた。

「こいつも何か知っているようです！　おい、お嬢様はどこにいる⁉」

聞けば、男は伯爵家に雇われたばかりの下働きだという。

新入りなので誰も不在だと認識していなかったようだが、現れたタイミングからいってこの侍女と一緒に戻ってきたのはほぼ間違いない。

「あ、あ……」

狼狽えたように口ごもる男を、ジョシュアは衝動に任せて殴りつけた。

男の体が吹き飛び、使用人たちから悲鳴が上がる。

それでも構わずジョシュアは男の襟首を掴むと、今度こそ逃がさないとばかりに彼に凄んだ。

「吐け。シャーロットは一体どこにいる」

怒りを湛えた濃紺の瞳に、男は怖気《おじけ》づいて教会の場所をぺらぺらと喋り始めた。

そしてジョシュアは、二人を拘束しておくよう家令に申しつけ、自らは馬車から馬を外し、男の話にあった教会へと急いだのだった。

ジョシュアが教会に着くと、炎は既に建物全体に燃え広がっていた。

扉は焼け落ち、そこから覗く室内はまさに火の海だ。そして格子窓からは大量の煙が吐き出され、いつ建物自体が崩れ落ちてもおかしくないように見えた。

教会の周りには近隣の住民が集まっているようだが、そこにシャーロットの姿はない。

祈るような思いで崩れ落ちた扉の向こうに目を凝らすと、炎の揺らぎとは別に何かが床をはいずっているのが見えた。

あれは――人だ。

そう気づいた時にはもう、ジョシュアは足を踏み出していた。

近くの住民たちが消火用に井戸から汲み上げた水をかぶり、周囲の静止も聞かず、彼は炎の中に飛び込んだのだった。

◆ ◆ ◆

目を開けると、見覚えのある天井があった。

天蓋付きの贅沢なベッド。そして痛む体。

デジャブを覚えつつ、なんとか体を起こそうとする。だがそれは叶わなかった。体中が激しい痛みに見舞われ、とてもではないが動けそうにない。

「お目覚めになられたのですか⁉」

私が身じろぎしていることに気付いたのか、顔を覗き込んできたメイドが驚いた顔をしている。

どこかで見覚えのある顔だと思っているうちに、彼女は慌てて部屋を出て行ってしまった。

彼女がいなくなってから、そういえば階段から落ちた時に、エミリアを呼びに行ってくれたメイドだと気が付いた。

何が起こったか思い出そうとするのに、ズキズキという痛みが邪魔をする。

そのままぼんやりと天井を見上げていたら、バタンと大きな音がして部屋の扉が開かれたのがわかった。

「目が覚めたのか⁉」

やってきたのはやはりエミリアではなく、ジョシュアだった。

これもまた階段から落ちた時と同じだ。

私は奇妙な気持ちになった。まさかまた転生を繰り返しているのだろうか。

だが、少しして前回と明らかに違う部分に気付く。

それはジョシュアの態度だ。

彼はひどく狼狽《ろうばい》していて、一体何があったのだろうかと不思議になるほどだった。

そうしてぼんやり彼を見上げていると、突然ジョシュアの胸板が私の視界に迫ってきた。

そうして彼は驚きで動けずにいる私の頭を胸に抱き込むと、安堵したように私の名前を呼んだ。

「シャーロット。よかった……無事で本当によかった……」

驚きのあまり、私は身じろぎすることもできなかった。こんなに密着していては息をすることすら躊躇われて、緊張でじんわりと汗がにじんだ。

だがそれも一瞬のことで、すぐに私は体を動かされた痛みで呻く羽目になる。

「いた、痛いので離し……離してくだ……」

息も絶え絶えにそう言うと、己の突飛な行動に気付いたのかジョシュアが私から飛びすさった。

いや、確かに離れてとは言ったが、そこまで離れられると逆に傷つく。

よく見ると、ジョシュアは頬や額に手当てを受けた後があった。服の下にも怪我をしているのか、動きがどこかぎこちない。

「ジョシュア様、お怪我をなさっているのですか？」

不思議に思って問いかけると、彼は驚いたように私を見た。

「覚えていないのか？」

彼の怪我に対する記憶がない私は、反射的に小さく首を振った。

それでも痛くて、小さく呻いてしまったのだけれど。

「ああ、いい、動くな。医者はまだか！」

ジョシュアが声を張ると、部屋の外からばたばたとこれまた見覚えのある医者が入ってきた。

階段から落ちた時に診察してくれたお医者様だ。

人のよさそうな老人は、大きな鞄を持って部屋に入ってきた。

そうしてベッドの傍《かたわ》らにある椅子に座ると、腕組みをして成り行きを見守っていたジョシュアに気まずそうに言った。

「ジョシュア様。今から診察いたしますので、よろしければ部屋を出ていただければと……」

すると、瞬時に顔を真っ赤に染めたジョシュアは、慌てて部屋を出て行った。

そして診察が済むと、入れ替わりでジョシュアと共にエミリアが部屋に入ってくる。

「シャーロット。目が覚めて本当に良かったわ」

ベッドに歩み寄ると、エミリアは目に涙を浮かべてそう言った。

階段から落ちた時には見舞いにすら来てくれなかったのに、これが本当に同一人物なのかと驚いてしまう。

「あの、それで一体何が……？」

困惑して二人に尋ねると、似ていない兄妹は顔を見合わせた。

「本当に覚えていないのか？　シャーロット。お前は炎にまかれて死にかけたんだ」

その瞬間、私の脳裏に生々しい記憶が奔流となって溢《あふ》れた。

信頼していたマチルダに裏切られたこと。そしてアイリスと交わした会話。

ふつふつと、私の中に怒りが湧き上がってくる。

特にアイリスだ。

同じ前世の記憶を持つ者同士、いつかわかり合えるのではないかという淡い期待が私にはあった。

だがそれを、彼女は徹底的に撥《は》ね除《の》けてみせたのだ。

彼女は私を殺そうとした。それも目障りだからという身勝手極まりない理由で。

「シャーロット……」

怒りで体が震える。

「ジョシュア様」

「な、なんだ?」

名前を呼ばれたジョシュアは、なぜか狼狽したような声を出した。

私は痛みを無視して体を起こすと、二人をまっすぐに見据えて言った。

「たとえ未遂であっても、殺人を企むというのは許されざる罪ですわよね?」

「そ、それは勿論そうだが……」

ジョシュアはなぜか顔を引きつらせていた。

彼らが見ている私の顔は、一体どんな様子なのだろうか。

「ま、まさかあの侍女の娘ではなく、何者かがあなたを殺そうとしたというの?」

エミリアの言う侍女の娘というのはマチルダのことだろう。

勿論訳のわからない論理で私を連れ出した彼女に対しても怒りはあったが、それよりもマチルダを誑《たぶら》かして私を連れ出させたであろうアイリスの方がよほど、私は腹に据えかねていた。

人を殺そうとしたのだ。今後アイリスは、今よりもっと手段を選ばなくなるだろう。

「私が助かったことを、学校の皆さんはご存知なのでしょうか?」

「いいえ。目が覚めるまでは予断の許さない状態だと、お医者様もおっしゃっていましたもの」

私は目を閉じた。

瞼の下で、これからどうするべきなのか目まぐるしく様々な考えが行き交う。

もうアイリスを放っておくことはできない。彼女の怒りの対象は、私だけでなくすべてのライバルキャラ、果てには攻略対象キャラにまで向かうだろう。

更に彼女の手に負えないところは、攻略対象キャラ全員を、その手中に収めたいと思っていることであった。

一人を熱烈に愛し、好かれたいと思っての行動ならまだ理解の余地もある。

だが彼女はそうではない。

結局、誰かを愛しているわけではないのだ。自分だけを熱烈に愛していて、他人にもその思想を押し付けようとしているだけなのである。

そのおぞましいまでの自意識。

アイリスに同情の余地はないと判断した私は、目を開いて二人を見た。

彼らは心配そうに、急に黙り込んでしまった私を見下ろしている。

「お二人に、ご協力いただきたいことがあるのですが……」

私がそう切り出すと、二人が息を呑んだのがわかった。

こうしてゲームとの関わりから逃げ続けていた私は、そのゲームのヒロインであるアイリスと真っ向から向き合うと決めたのだった。

第七章　決着

夜会の夜がやってきた。

あの日と同じ、ユースグラット公爵家主催のパーティー。

招待客の客層があの日よりも年若いのは、実質的には公爵の息子であるジョシュアが開いたパーティーだからだろう。先日不慮の事故で怪我を負った彼の、今日は快気祝いをと、騒ぐのにちょうどいい名目も用意されていた。

また、最近役員が二人増えた生徒会役員の開くパーティーには、少しでも誼《よしみ》を結ぼうと王立学校の生徒が多く詰めかけていた。

ペラム男爵家の娘であるアイリスも、そのうちの一人だ。

ピンク色の長い髪を結い上げ、その髪を無数の真珠で飾っている。身に纏うドレスも髪の色に合わせ、白いレースをふんだんにあしらっている。

一揃えで屋敷が一軒建ちそうなほど高価なその装いは、父親に無理を言って誂《あつら》えたものだった。

この日のために――攻略対象者たちを誘惑するために。

アイリスは、焦っていた。

それは、この人生という名のゲーム攻略が一向にうまくいっていないからだ。

「目障りな脇役《モブ》をようやく始末できたというのに、どうしてこうもうまくいかないの？」

前世の知識を用いてアイリスにとって代わろうとした、いけ好かない地味な女。その女をアイリスは、その女の使用人に連れ出させ殺そうとした。

火をつけた教会は無事全焼。

娘が一人助け出されたらしいが、ひと月経った今でも意識不明のまま、回復は絶望的だと言われている。

完全に息の根を止められなかったことは悔しいが、このゲームから退場してくれるなら何でもいい。

それよりも今は、ゲームの攻略を進める方が先だとアイリスは考えていた。

いつまでも、シナリオを無視したバグに構ってはいられないのだ。

そしてアイリスは、父親にエスコートされてきらびやかなパーティー会場に入場を果たした。

王立学校の生徒の他に、教師、それから保護者たる父母も招かれ、そうそうたる顔ぶれだ。

アイリスには自信があった。たとえイベントをこなしていなくとも、今夜だけで攻略対象キャラたちを魅了してしまう自信が。

「だって、この世界では私が主人公なんだもの」

自信満々に言う娘を、ペラム男爵が不安そうに見つめている。

そこに――。

「お集まりの紳士淑女の皆様！」

声を上げたのは、ユースグラット家の執事だった。招待客の視線が一斉にそちらに釘付けになる。

いつの間にか楽団の演奏も止み、広間には人々のざわめきだけが置き去りにされている。

声を上げた執事の近くには、四人の男女が立っていた。向かって左から王太子ウィルフレッド。ジョシュア、エミリアのユースグラット兄妹。そして隣国からの留学生セリーヌである。

在学中の貴族子弟の中でも、特に高位に位置する彼らの登場に招待客のボルテージは上がる一方だ。

「みんな。今日はよく集まってくれた。礼を言う」

父親の名代《みょうだい》として最初に口を開いたのは、ジョシュアだった。

全ての視線は彼に突き刺さり、その言葉を一言も聞き漏らさぬよう誰もが息をひそめる。

「今日はこの場を借りて、私とウィルフレッド殿下が卒業したのちの、生徒会役員を指名したいと思う」

会場内に大きなどよめきが起こった。

確かに、生徒会役員の選任は卒業役員による指名によって行われる。

だが、誰もそれが今日行われるとは予想もしていなかったのだ。

なぜなら、次期生徒会役員の指名は学内で行われるのが通例である。

まさか父母まで招かれた夜会の席でそれが行われるとは思わず、王立学校の生徒たちは息を呑んだ。

一方で教師陣にはあらかじめ知らされていたのか、彼らは静かに成り行きを見守っている。

「まずは、エミリア・ユースグラット！」

「はい！」

己の妹の名を、ジョシュアは平坦な声で呼んだ。

「貴殿を、次期生徒会書記に任命する」

ここでまた、大きなざわめきが一つ。

現行の生徒会役員は、この場にいる四人とあとは家格の劣る伯爵令嬢が一人である。

そして、ウィルフレッドとジョシュアが卒業した後、学校に残るのは三人の女生徒たちである。

その家格からいって、伯爵令嬢が会計または書記。発表のあったエミリア・ユースグラットは副会長に据えて、留学生とはいえ隣国の王女であるセリーヌが次期会長に選ばれるであろうというのが大方の予想であった。

それを公爵令嬢であるエミリアを生徒会役員の中でも一段下がる書記に指名するというのだから、生徒たちが驚くのも無理はなかった。

そしてこの時、会場の中で確信の笑みを浮かべた人物が一人だけいた。

――アイリスである。


彼女は、己が生徒会長に指名されると確信していた。

それは、今目の前で繰り広げられている光景がまさに、ゲームで見たシーンに酷似しているからに他ならない。

親密度を上げてライバルであるエミリアを蹴落とした暁《あかつき》には、現生徒会長であるウィルフレッドから次期生徒会長の指名を受けることができるのである。

間にあるはずのイベントを起こしていないことなど、アイリスは気にならなかった。

(きっとこれが、ゲームの強制力ってやつなんだわ。なにかの小説で読んだもの。たとえ経過は違っても、物語は辿《たど》り着くべき場所に収束するって)

内心でほくそ笑みながら、アイリスは己の名前が呼ばれるその時を待った。

次に副会長としてセリーヌが指名されると、いよいよ会場はどよめき、緊張感は高まる一方である。

誰もが息を呑んで次期会長の発表を見守る中、アイリスはフライングで足を一歩踏み出そうとした。その時だった。

「そして次期会長には、ルインスキー伯爵の娘であるシャーロットを指名する!」

ウィルフレッドの高らかな宣言と共に、広間にある階段からコツコツと足音が響いた。

シャーロットが記憶を失った時に転げ落ちた、あの階段である。

今度は落ちないよう慎重に下りたシャーロットは、驚き成り行きを見守る人たちに優雅に一礼してみせた。

さして領地の大きいわけでもない伯爵の娘が、公爵の娘や隣国の王族を出し抜いて次期生徒会長に指名されるなど、まさしく前代未聞であった。

今ここに父である伯爵はいないが、いればおそらく驚きのあまり気を失っていたかもしれない。

だが、誰もどうしてなどと異論を唱える者はない。なぜならそれは、次期会長を発表した王太子に逆らう行為になるからだ。

だが、そんな作法や慣例などお構いなしで、堂々と異論を叫ぶ者がいた。

「ちょっと待ちなさいよ！」

白いレースをふんだんにあしらった華やかなドレスに、真珠をふんだんに髪に着けたアイリスである。

その愛らしさや美しさは格別であったが、それよりも傲慢ともいえる態度が人々の目を引いた。

「ねえ、なにを馬鹿なこと言ってるの？　次の生徒会長は私でしょ？　指名する相手を間違えてるわ」

あまりにも露骨に王太子の決定に疑問を投げかける少女に、周囲を取り囲んでいた人々は言葉を

失った。

王族の権威には、決して逆らってはならない。

それはその場にいる誰もが、幼い頃より叩き込まれる決まりだった。改めて確かめる余地もないほど当たり前の、平民の子供ですら知っている暗黙の了解というやつだ。

公爵ですら、王族相手には正面切って異論を述べることなど許されない。

それでも意見するというならば、それは己の命を賭《と》して行う誠意の諫言《かんげん》ぐらいのものであった。

誰もかれも呆気にとられ、事の成り行きを見守った。

伯爵の娘が次期生徒会長に指名されたことなど、目の前の蛮行に比べれば些細なことであった。

「ねえ！　なんとか言いなさいよ、この死にぞこない！　あんたはあの教会で焼け死んだはずでしょ？　なのにこの期《ご》に及んで、どれだけ私の権利を奪えば気が済むのよ！」

アイリスはその優雅さをかなぐり捨てて、階段から下りてきた私に掴みかかろうとした。

一直線に向けられる顔には、震えがくるような笑みが浮かんでいる。

憎くてたまらない害虫を、駆除してやるんだと言わんばかりの笑顔だ。

「アイリス！」

その時、固まっていた人々の中で唯一動いた者がいた。

本来の年齢よりも十は更けて見える、ひどくくたびれた男だ。

彼はアイリスに付き添って夜会にやってきた、ペラム男爵その人であった。

彼は倒れるように娘の腰にすがり着くと、必死でその暴挙を止めようとする。

「なによ気色悪い！　離してよ！」

そうまでして止められながらもアイリスは、更に歩みを進めようとした。

面倒だとばかりに靴を脱ぎ、そしてその高いヒールで父親の頭を殴りつける。

「ぐぁあっ」

突然の暴力に、広間がどよめく。

若い令嬢は悲鳴を上げ、大人たちは顔を顰めた。

「きゃー！」

「なんてことを……」

怯えが蔓延《まんえん》し、人々はその場に縫い付けられたように動かない。

するとそれまで呆気に取られていた警備兵たちが、一堂に集まりアイリスを取り囲んだ。

「アイリス・ペラム。これ以上は不敬罪になるぞ。自分が何をしているかわかっているのか！」

ジョシュアが、私たちを守るように一歩前に出て言った。

「ペラム男爵。同情はするが、娘がここまで思いあがったのは卿の責任だ」

アイリスの腰に縋りつく男が、びくりと肩を震わせる。

「貴様の娘は、あろうことか殿下の決定に異を唱え、我が公爵家主催の夜会に泥を塗った……いいやそれだけではないぞ」

耐え難《がた》いとでも言いたげに、ジョシュアはその秀麗な顔を顰めた。

「今、その娘はシャーロットが『教会で焼け死んだ』と言ったな？　確かに、彼女は炎に巻かれて先日まで生死の境をさまよっていた。だが、どうしてお前がそれを知っているんだ！　その現場に居合わせた俺か……あるいは火をつけた当人でなければ、その事実は知らないはずだ。誰も……」

ぞっとするような、冷たい声音だった。


私が階段から落ちた時、どうして王子の後をつけていたのか問うた時ですらも、彼はこんな聞く者を恐怖で震えさせるような声は出さなかったはずだ。

私は思わず、隣にいたセリーヌの袖を掴みそうになった。

ここまでの流れは、私がジョシュアやウィルフレッドに頼んでお膳立てを整えたものだ。

ゲームのスチルに似せた舞台装置を用意して、だが主人公であるはずの自分の名前が呼ばれなければアイリスは馬脚を露《あらわ》すに違いないと。

他の生徒やその父母が集まる場で、彼女の罪を詳《つまび》らかにしようとした。

そしてその目論《もくろ》見は十分に果たされたはず――なのだが、事態はどうにも私の手を離れていこうとしている気配がひしひしと感じられた。

ざわざわと、ジョシュアの言葉の意味を理解した人々の間から抑えきれないようなざわめきが広がった。ざわめきはまるでうねりのように、広間を席巻《せっけん》し人々を恐怖に突き落としていく。

「なんて恐ろしい……」

「正気の沙汰じゃないっ」

「可愛い顔をしてなんということだ」

その場に居合わせた貴族たちは、殺人と放火を企んだ生徒の存在に恐れを抱いたようだった。

そんなところに子供を通わせていては、何か起きても不思議ではない。

彼らの狼狽する顔からは、そんな考えがありありと読み取れた。

「皆様、静粛《せいしゅく》になさって！」

どうにか場を収拾しようと、私は声を張った。

非公式な場とはいえこの夜会には王太子も臨席している。これ以上騒ぎが大きくなって集団パニックにでも発展したら、ここにいる公爵家お抱えの警備兵だけでは事態を抑えきれなくなるかもしれないと思ったのだ。

「うるっさいわね！　泥棒猫！」

だが、この期に及んでもまだ、アイリスは心折られてはいなかった。

しがみつく父親の腕を外そうと苦心しながら、じりじりとこちらへ近づいてくる。

私はぞっとした。

屈強な警備兵に囲まれているというのに、彼女の執念は全く折れていない。その意志の強さに、恐怖すら覚える。

そして彼女の顔には、私を殺そうとした時と同じ笑みが浮かんでいた。

「満足？　私がいるべき場所を、汚い手で奪っておいて！」

体が凍ったように動かない。

彼女の持つ殺意に、私は完全に呑まれていた。

その殺意が宿る眼差しに、己の身に起きたことを思い出し体の震えが止まらなくなった。

「いい加減にしてくれ！」

その時、ジョシュアが耐えかねたように声を上げた。

「貴様のくだらない妄想にこれ以上我々を巻き込むな！　邪魔だから殺そうとしたというのか？　シャーロットを。彼女は生徒会にとって……俺にとってなくてはならない人だ。二度とお前の好きなようにはさせない！」

ジョシュアが高らかに言い放つ。

それを聞いたアイリスはこれ以上ないほど顔を歪め、ぼろぼろと大粒の涙を零し始めた。

「なんでよ！　それは私の役目なのに！　私がみんなに愛されるはずだったのに！　どうしてその女なの!?　いやぁー!!」

アイリスの悲鳴にも似た叫びが静まり返った広間に響き渡る。

その隙に警備兵が輪を縮め、彼女と父親をもみくちゃにした。

彼女は拘束され、腕に縄を打たれた。

誰も彼女を心配する者はいない。父であるペラム男爵すら、彼女と一緒に拘束されながらどこか安堵したような顔をしていた。

「ふざけんじゃないわよ！　どうしてそんな女が！　この世界はあたしの！　あたしが――！」

そのまま、彼女は警備兵に取り囲まれ外へ連れ出される。

彼女の叫びが小さくなり聞こえなくなった頃、ようやく人々は安堵し広間に小さなざわめきが戻った。

「やれやれ、とんでもない令嬢がいたものだ」

呆れたようにセリーヌが呟く。

その意見には私も大いに賛成だった。

エミリアといえば眉を顰め、なんとも嫌そうな顔だ。

「わたくしも、あんな礼儀も常識もないような令嬢は初めて見ました。話に聞いてはいましたが、まさかうちの生徒にあのような方が……」

恐ろしいとでも言いたげに、彼女は肩を震わせる。

いつも穏やかなウィルフレッド王子もまた、アイリスの暴挙には呆気に取られていた。

「いやあ、思い込みの激しい子だとは思ったけれど、まさかあそこまでとは」

そういえば、王子は何度かアイリスと話したことがあるはずだ。

普段の彼女を知っている者なら、あの豹変《ひょうへん》具合はより恐ろしく感じられたに違いない。

「シャーロット！」

その時、名代として警備兵と一緒に広間の出口までアイリスに付き添っていたジョシュアが、慌てた様子で戻ってきた。

彼は私の名前を呼ぶと、肩で息をしたまま私の前に立つ。

「大丈夫か？　怖い思いをしたのでは……」

気遣わしげにこちらを見下ろすジョシュアに、私は驚いてしまった。

絶対いの一番に王子に駆け寄ると思っていたからだ。

「わ、わたくしは平気です。それよりも殿下に――」

そうして水を向けようとすると、今度は王子の方が笑いながら手を振った。

「いやいや、俺は何ともないよ。それより目の前で睨まれたシャーロット嬢は、さぞかし怖い思いをしたんじゃないか？」

その顔には、なぜだかからかうような笑みが浮かんでいた。

一体何なんだと思いつつ、私は不安げなジョシュアの顔を見上げる。

「ご心配いただきありがとうございます。ですが大丈夫です。わたくし図太いですから」

安心してもらおうと思ってそう言ったら、ジョシュアはひどく残念なものを見るような顔になってため息をついた。

なんだその態度は。ちょっと失礼じゃないか。

「はっはははー！　敵わないなシャーリーには」

セリーヌが笑いながら強引に私と肩を組む。

「なっ、離れろ！　それにいつの間に愛称を……っ」

セリーヌとジョシュアが言い争いになり、どうやら話の焦点は私から移ったようだ。

まあ言い争いと言っても、怒っているジョシュアを一方的にセリーヌがいなしているだけなのだが。

私はその隙に二人から離れ、テーブルに置いてあったジュースを飲んで一息ついた。

これで本当の本当に、この世界はゲームのシナリオから外れた――はずだ。

私はいつの間にか仲良くなっていた生徒会のメンバーを見つつ、一人でくすくすと笑う。

ゲームの世界に転生なんて最初は己の運命を呪ったものだが、こうして時が過ぎてみれば、なかなかどうしてこの世界は魅力的だ。

まだ生まれ育った前世に未練はあるけれど、くよくよしていても仕方ない。

自分はこの世界で、精一杯生きようと思う。

「なにやってるんだー。こっちへこいシャーリー」

セリーヌがまた私の愛称を呼んだので、ジョシュアは鬼のような形相になっていた。

それを見て、エミリアは複雑そうな顔をし、王子はお腹を抱えて笑っている。

「はーい」

グラスを置くと、急いで彼らのもとへと向かった。
私の新しい人生は、まだ始まったばかりである。

脇役令嬢に転生しましたがシナリオ通りにはいかせません!

＊本作は「小説家になろう」公式WEB雑誌『N-Star』(https://syosetu.com/license/n-star/)に掲載されていた作品を、大幅に加筆修正したものとなります。
＊この作品はフィクションです。実在の人物・団体・事件・地名・名称等とは一切関係ありません。

2020年5月20日　第一刷発行

著者 ……………………………………………… 柏てん
©KASHIWATEN/Frontier Works Inc.
イラスト ……………………………………………… 朝日川日和
発行者 ……………………………………………… 辻 政英
発行所 …………………………… 株式会社フロンティアワークス
〒170-0013　東京都豊島区東池袋3-22-17
東池袋セントラルプレイス5F
営業　TEL 03-5957-1030　FAX 03-5957-1533
アリアンローズ公式サイト　http://arianrose.jp
装丁デザイン …………………………………… ウエダデザイン室
印刷所 ……………………………………… シナノ書籍印刷株式会社

本書のコピー、スキャン、デジタル化等の無断複製、転載、放送などは著作権法上での例外を除き禁じられています。本書を代行業者の第三者に依頼してスキャンやデジタル化することは、たとえ個人や家庭内での利用であっても著作権法上認められておりません。定価はカバーに表示してあります。乱丁・落丁本はお取り替えいたします。

二次元コードまたはURLより本書に関するアンケートにご協力ください
http://arianrose.jp/questionnaire/
● PC・スマートフォンに対応しております(一部対応していない機種もございます)。
●サイトにアクセスする際にかかる通信費はご負担ください。